VillA Alfabet

Laaiend

Peter van Beek

educatieve

uitgeverij

Maretak

VillA Alfabet is een leesserie voor de betere lezer van groep 3 tot en met groep 8.
VillA Alfabet Rood is bestemd voor lezers vanaf groep 7.
Een VillA Alfabetboek biedt de goede lezer een uitdagende lees-ervaring en verdiept deze ervaring door het extra materiaal dat in het boek is opgenomen. Daarnaast is bij elk boek materiaal ont-wikkeld dat in een aparte uitgave is verschenen: 'VillA Verdieping'.

STICHTING NEDERLANDSE
KINDERJURY
2005

© 2004 Educatieve uitgeverij Maretak, Postbus 80, 9400 AB Assen

Illustraties: Sjer Jacobs, beeldend kunstenaar, Tegelen
Tekst blz. 4 en blz. 92-93, 95: Elsje Frouws en Ed Koekebacker
Vormgeving: Cascade visuele communicatie, Amsterdam
Illustratie blz. 92-93: Gerard de Groot
ISBN 90 437 0218 8
NUR 140/283
AVI 8

Alle rechten voorbehouden. Niets uit deze uitgave mag worden verveel-voudigd, opgeslagen in een geautomatiseerd gegevensbestand, of open-baar gemaakt, in enige vorm, of op enige wijze, hetzij elektronisch, mechanisch, door fotokopieën, opnamen, of op enig andere manier, zon-der voorafgaande schriftelijke toestemming van de uitgever.

Voorzover het maken van kopieën uit deze uitgave is toegestaan op grond van artikel 16B Auteurswet 1912 j° het Besluit van 20 juni 1974, St.b. 351, zoals gewijzigd bij het Besluit van 23 augustus 1985, St.b. 471 en artikel 17 Auteurswet 1912, dient men de daarvoor wettelijk ver-schuldigde vergoedingen te voldoen aan de Stichting Reprorecht (Postbus 3060, 2130 KB Hoofddorp).
Voor het overnemen van (een) gedeelte(n) uit deze uitgave in bloem-lezingen, readers en andere compilatiewerken (artikel 16 Auteurswet 1912) dient men zich tot de uitgever te wenden.

Als je meevoelt met Mat,
dan ervaar je wat verdriet is, dan weet je hoe het voelt, als je
vader je niet accepteert zoals je bent, dan leer je hoe egoïstisch
vriendschap kan zijn.

(Als je 🏠 tegenkomt, ga dan naar bladzij 95.
En als je het boek uit hebt, kom dan op bezoek in VillA Alfabet,
op bladzij 92-94.)

19 juni

Binnenlands nieuws:
In de omgeving van Anningen heeft een kleine bosbrand
gewoed. Een gebied van vijftien hectare is afgebrand. De politie
vermoedt dat de brand is aangestoken, maar doet verder geen
mededelingen.

Een zuidwestelijke stroming voert vochtige lucht naar Nederland
en maakt een einde aan de hitte van de afgelopen week.
Vandaag vallen er enkele buien en is het met 18 graden koel.
Ook morgen is het regenachtig. De vooruitzichten voor het week-
end zijn beter.

Mijn broertje Daan is vandaag om half twee begraven. Een koele wind blies over de begraafplaats. Het regende niet, nog niet.
Om twaalf uur hadden mama, mijn vader en ik naast elkaar in
een zaaltje gestaan, samen met mijn twee oma's en opa's.
Honderden mensen hebben me vandaag een hand gegeven.
Sommigen mompelden een paar woorden, anderen omhelsden
me.
'Het is zo erg voor je,' zei een tante die ik vaag kende. Ze had
tranen in haar ogen.

De kinderen uit Daans klas waren er ook. Stil liepen ze langs. Zelfs Karel hield zijn mond. Hij was Daans vriend en altijd luidruchtig. Ik heb een hekel aan hem, omdat hij nooit gewoon kan praten. Als hij bij Daan was, schreeuwde hij. Ons huis was dan gevuld met lawaai.

Een paar weken geleden, toen Daan nog thuis was, had ik hem uitgescholden. Ik kon mijn huiswerk niet maken door de herrie. Ik werd zo kwaad ineens. Karel kon roepen, schreeuwen, rennen, klimmen en voetballen. Dat kon Daan niet meer. Zijn stem was toen al zwak en zijn benen leken van klei. Met grote moeite – ik zag de pijn in zijn ogen – kon hij lopen, als een dronken man.

Soms las ik hem voor.

In de maanden dat Daan ziek was, had ik aan iedereen een hekel, behalve aan mama. Ik was kwaad, vooral op mijn vader.

Ik voelde de hand van mijn vader op mijn schouder en hij kneep zacht. Ik draaide van hem weg, want ik kon er niet tegen als hij me aanraakte.

'Hij heeft nu geen pijn meer,' zei hij.

Ik liep weg, naar mijn kamer, waar ik op bed ging liggen. Naast mijn bureau staat een grote boekenkast. Ik hou van lezen.

Beneden hoorde ik mama zeggen dat ik tijd nodig zou hebben. Tijd! Al zeven maanden was er alleen maar tijd voor Daan. Nu ben ík zeker aan de beurt. Zou ik tijd en aandacht krijgen. Ik ben kwaad op mijn vader. Daan ging altijd voor. Ik ben maandenlang alleen geweest, zonder vader en dát doet pijn.

Begin juni heb ik het voor het eerst gedaan. Ik had een paar sigaretten van mijn vader gepikt en een lap natgemaakt met wasbenzine, die ik in een plastic tas stopte. Ik had ook lucifers en een steen meegenomen. Ik weet nog dat het warm en droog weer was. De wind kwam uit het oosten.
Ik fietste door het bos en reed naar een dichtbegroeide plek. Mijn fiets legde ik plat op de grond. Ik wachtte zeker tien minuten om er zeker van te zijn dat er niemand in de buurt was.
Mijn handen trilden toen ik de kleine baksteen een paar centimeter ingroef. Ik stak de sigaret aan en legde hem op de steen. Keek op mijn horloge. De sigaret brandde in precies vijf minuten naar het filter. Even dacht ik dat hij uit zou gaan. Ik drukte de smeulende peuk in de bosbodem, nam de tweede sigaret en stak hem aan. Brandend legde ik hem op de steen. Zorgvuldig legde ik de punt van de lap net over het filter en daarna reed ik weg.
Een kwartier later hoorde ik de sirenes. Het was gelukt.
Mijn vader weet alles van vuur. Soms vertelt hij over een grote brand die hij geblust heeft. Hij is een expert, die iedere zomer een paar weken naar het buitenland gaat. Hij heeft geholpen met het bestrijden van bosbranden op Corsica, in Griekenland en Italië. Eind juli staat een reis naar Spanje op het programma.

'Je moet iets eten,' zei mama.

'Nu niet.'

'Gaat het wel?'

Ze had een lieve stem. Haar ogen waren rood alsof ze een aanval van hooikoorts had. Ik zag ook de vlekken in haar gezicht. Als je een kind verliest, is dat erger dan dat je broertje doodgaat?

'Het eten staat klaar,' zei ze. Ze stond in de deuropening, iets gebogen, haar handen open voor haar buik.

Ik stond op en liep achter haar naar beneden. Mijn vader zat al aan tafel. Er stonden drie borden.

Mama en ik gingen zitten.

Op de lege stoel naast haar, zou Daan nooit meer zitten. Hij lag in een kleine kist, diep in de grond. Het ergste vond ik dat hij nu alleen was.

We aten omdat het moest en ik schaamde me. Eten is leven. De maaltijd smaakte nergens naar en mama en mijn vader zeiden niets.

'Morgen ga ik niet naar school,' zei ik, 'ik heb geen zin in leraren die medelijden met me hebben.'

'Het is beter als je wel gaat,' zei mijn vader. 'Het leidt je af. Bovendien heb je volgende week veel repetities.'

Repetities! Wat kunnen mij die schelen.

'Ik ga toch wel over, zelfs als ik overal een 1 voor haal.'

Mijn vader legde zijn bestek op zijn bord, te hard. Een paar spetters tomatensaus spatten op het tafelkleed.

8

'Kijk een beetje uit,' zei mama.

Mijn vader reageerde niet en keek mij strak aan. 'Je gaat naar school,' zei mijn vader.

'Papa heeft gelijk.' Mama's zachte stem, die ik bijna nooit tegenspreek. 'Jacob, laat mij straks even met Mat praten.'

Zij begrijpt me, mijn vader snapt niets van mij. Ik ken hem niet echt, weet niet wat hij denkt en wat hij belangrijk vindt. Vaak sluit hij zich op in zijn werkkamer. 'Zijn hol', zoals mama dat noemt.

'Ik ga naar boven,' zei mijn vader en weg was hij.

'Eet nog iets.'

Maar mama had ook weinig gegeten. Ze was mager geworden en had lijnen naast haar mondhoeken. Ik heb haar altijd mooi gevonden, zelfs nu het lijkt alsof haar huid gevouwen is.

Ik nam nog een hap, maar het eten was koud geworden.

In de gang sloeg de klok zes uur en ik liep naar de radio. De klok liep achter. Misschien kon ik nog net het weerbericht horen.

Vanaf zaterdag hogere temperaturen en droog, maxima rond 23 graden in het binnenland. Vanaf zondag warm en stabiel zomer-weer.

'Misschien kunnen we iets leuks gaan doen,' hoorde ik mama zeggen, maar ik voelde slechts de opwinding in mijn lijf. Opnieuw zou het droog weer worden.

'Mat, luister je wel?'

'Wat?'

'Waar zou je naar toe willen in het weekend?'

'Geen idee. Bedenken jullie maar iets.'

Ik keek naar buiten. Het regende. ■

20 juni

Vandaag ben ik toch naar school geweest.

Mama heeft met me gepraat gisteravond. Ik hou ervan haar stem te horen. Het liefst zou ik willen dat ze me zou voorlezen, dan kon ik lang naar haar luisteren. Toen ik naar groep 7 ging, is ze daarmee opgehouden.

'Daar ben je nu te groot voor geworden,' zei ze toen.

Ik wilde niet groot worden. Bij haar wegkruipen, dat wilde ik. Haar geur ruiken, haar handen voelen.

'Papa heeft gelijk. Je moet weer naar school, je bent al een week thuis.' Dat had ze gisterenavond gezegd.

Om 10 uur heb ik nog even naar het weerbericht geluisterd: de vooruitzichten voor het weekend en de dagen erna waren hetzelfde gebleven.

Nog twee weken school, daarna vakantie. Wekenlang thuis, zonder Daan. Ik zie hem steeds voor me, mijn broertje. Hij was

pas vijf jaar, een kleuter nog. Een paar weken na zijn verjaar-
dag werd hij ziek, zomaar. Het leek een zware verkoudheid of
een griep, maar de koorts wilde niet overgaan.

'Mat, ik begrijp dat je moeite hebt met je concentratie.'
De Kleuver, het serpent van Frans, wachtte even, voordat ze
verder sprak. Ze heeft een lelijk accent, draagt slordige, onge-
streken kleren en ze slist. 'We leven met je mee. Toch moet je
nu even opletten, volgende week de laatste repetitie.'

'Frans is niet belangrijk,' zei ik. 'Het interesseert me niet welk
cijfer ik haal.'

De Kleuver kleurde. Ze bloosde altijd als ze zich plotseling
onzeker voelde of boos werd.

'Dat heb ik niet gehoord,' zei ze.

'Waarom bent u dan rood?' vroeg Lydia.

De klas lachte.

'Jij gaat je melden.' Ze wees naar Lydia. Die haalde haar schouders op, pakte langzaam haar spullen in.

'Ik ga met je mee,' zei ik.

Samen liepen we de klas uit. 'Au revoir,' riep ik en gooide de
deur dicht.

Achter mij werd de klas een draaikolk van lachende en bewe-
gende jongeren. Het zou dat uur waarschijnlijk niet meer stil
worden.

Lydia en ik gingen naar het schoolplein, waar niemand was.
Het was koel en de bankjes waren nat van een regenbui.

'Zullen we even naar de stad gaan?' vroeg Lydia en het klonk

heel gewoon. 'We hebben hierna toch pauze, tijd genoeg dus.'
Ik twijfelde.
Met een meisje naar de stad? Wat zouden Erik en Wouter daar-
van vinden?
'Doen?'
Was ze altijd zo direct? We zaten al bijna een jaar bij elkaar in
de klas en ik had haar nog nooit echt gesproken.
'Ja,' zei ik en ik hoorde een piep in mijn stem, wat volgens
mama een teken was dat ik de baard in de keel zou krijgen.

Lydia reed hard en zoals de meeste meisjes gebruikte ze een te
hoge versnelling. Het leek alsof haar benen vertraagd bewogen.
Ik volgde haar. Ze zat voorovergebogen op haar fiets en droeg
een witte broek en een zwart T-shirt. Even keek ze achterom.
Lachte ze naar me?
Het maakte me in de war, omdat ik heel even het gezicht van
mijn moeder zag, lang geleden.
Mama heeft me fietsen geleerd, op een fiets zonder zijwieltjes.
Ik moet een jaar of vier geweest zijn. Ze reed voorop over een
smal fietspad en keek steeds achterom, naar mij, soms zwabbe-
rend op mijn fietsje. Mama had ook gelachen.
Lydia remde voor een stoplicht en ik kon haar net ontwijken.
Naast haar kwam ik tot stilstand. 'Fiets je altijd zo hard?' vroeg
ik.
'Ik woon buiten de stad en moet iedere dag twintig minuten

fietsen. Ik rij gemiddeld 28 kilometer per uur, tenminste als ik niet teveel tegenwind heb.'

Ze tikte op haar fietscomputer. 'Die houdt alles bij.'

Het licht sprong op groen en Lydia was al weg, snel schakelend.

Ik kon opnieuw niet anders dan haar volgen. We stopten bij een Italiaanse ijszaak en liepen naar binnen. Lydia bestelde ook voor mij, zonder te vragen wat ik wilde. Er was nog een tafeltje voor twee vrij.

'Lekker?' vroeg Lydia.

Ik knikte en likte aan het ijs.

Vorig jaar hadden mama, mijn vader, Daan en ik hier ook gezeten. Daan wilde twee bolletjes en hij had gemorst op zijn shirt. Mama had gemopperd. Daan wilde daarna naar de speeltuin. Hij ging vaak samen met papa, iets wat hij met mij nooit gedaan had. Waarom eigenlijk niet?

'Ben je verdrietig?'

Ik schrok van Lydia's stem.

'Je hoeft er niet over te praten,' ging ze verder, en draaide het ijsje rond haar uitgestoken tong.

'Ik kan het eigenlijk nog niet geloven,' zei ik.

'Vorig jaar is mijn oma overleden. Ze woonde bij ons in het dorp en vaak ging ik uit school even bij haar langs. Ik had een fantastische oma. Ze luisterde altijd naar me, stelde nooit vervelende vragen. We dronken thee, aten koekjes en chocolaatjes. Ik zie haar nog staan achter het raam als ze me uitzwaaide. Op een dag ging ze dood. Mijn ouders hebben haar gevonden in een stoel.'

Ik wist niet wat ik zeggen moest.

Lydia nam snel een paar happen van haar smeltende ijs en vertelde verder: 'Iedere keer als ik langs haar huis fietste, dacht ik dat ze toch achter het raam zou staan, of op haar bank in de voortuin zou zitten. Pas toen er een bord in de tuin kwam met "Te koop" wist ik dat ze nooit meer terug zou komen. Nu wonen er andere mensen in haar huis. De tuin is veranderd. Het huis is in een andere kleur geschilderd. Tegenwoordig fiets ik een andere weg, ik wil mijn oma's huis niet meer zien.'

'Hoe oud was ze?'

'Negenenzeventig.'

Ik beet in het ijshoorntje. Het kraakte.

'Heb je haar gezien?'

'Hoe bedoel je?'

Ik aarzelde.

'Dood.'

'Nee, dat wilde ik niet. En jij? Heb jij je broertje gezien?'

Ik knikte.

'Vond je het eng?'

'Ja.'

We beten weer in onze ijshoorns. Het kraken was irritant.

We werden allebei uit de les gehaald en moesten ons melden bij Hoek, de conrector van zestig met een kaal hoofd. Zijn grote handen lagen gevouwen op het lege bureau.

'Ga zitten.'

Zijn stem klonk vermoeid.

Ik was de afgelopen maanden al vaker in deze kamer geweest.

'Mevrouw Klingendal is eruit gestuurd door mevrouw De Kleuver. Meneer Hoedenmaker vond het nodig zelf de klas uit te gaan en "Au revoir" te roepen.'

Hoek had de vervelende gewoonte om leerlingen met hun achternaam aan te spreken.

'Klopt dat?'

Zijn handen bewogen niet en lagen roerloos op het lege bureaublad.

Lydia en ik knikten.

'Waarom?'

Het had geen zin een smoesje te bedenken. De Kleuver had natuurlijk al met Hoek gesproken.

'Mevrouw De Kleuver vond het nodig mij te vertellen dat ik moest opletten.'

'Dat lijkt mij tamelijk normaal.'

'Niet als je broertje is overleden.'

Hoek haalde diep adem en liet de lucht via zijn neus ontsnappen. 'We leven allemaal met je mee, dat hebben we maandenlang gedaan. Ik heb je nooit straf gegeven.'

Hij wachtte even, glimlachte.

'We zijn vriendelijk voor je geweest, zelfs toen je het echt te bont maakte. Wij, de docenten en ik, begrepen dat je het moeilijk had. Je had je vanmorgen zelf moeten melden en dat geldt ook voor mevrouw Klingendal. We kunnen niet accepteren dat leerlingen zich niet melden en naar de stad gaan. Ik neem aan dat jullie dat begrijpen.'

Het beste is om gewoon toe te geven. Daar houden leraren van.

'U hebt gelijk,' zei ik.

21 juni

Ik werd wakker van de zon en keek op mijn wekker. Het was vijf voor zeven, bijna tijd voor het nieuws en het weerbericht. Ik had een slecht gevoel over gisteren. Lydia en ik hadden geen straf gekregen, maar volgens Lydia had ik veel te snel toegegeven. De Kleuver was een bitch. Zij kon niet met jongeren omgaan, werd direct kwaad. Dát had ik moeten zeggen volgens Lydia, maar ze had zelf ook haar mond gehouden.

Een hogedrukgebied boven Scandinavië zorgt de komende dagen voor aanvoer van droge, warme lucht. Vandaag wordt het in het oosten en zuidoosten van het land al 23 graden, in het weekend is het overal warm zomerweer.

Mama kwam mijn kamer binnen, in haar nachtpon. Ze zag er moe uit.

'Je bent al wakker. Goed geslapen?'

'Gaat wel. En jij?'

'Een paar uurtjes. Iedere keer word ik wakker. Denk dat ik de stem van Daan hoor.'

Ze huilde.

Ik omhelsde haar en rook de slaapgeur in haar nachthemd. Ze klopte met haar rechterhand op mijn rug.

'Gelukkig heb ik jou nog,' zei ze.

Ze liet me los en liep mijn kamer uit.

Op de overloop stond mijn vader. Mama glipte langs hem heen naar beneden en ik wist zeker dat ze hem niet aankeek.

'Je bent nog steeds een kind,' zei hij tegen mij, 'een moederskindje.'

De minachting in zijn stem kon hij niet verbergen.

'Je broertje zou een vent zijn geworden.'

Hij verdween in de badkamer.

Tijdens de wiskundeles woonde ik met mama in een groot, houten huis. Ik verbouwde het land, viste in de snelstromende rivier en ving een zalm. In huis geurde het naar versgebakken brood. Mama maakte de vis schoon, bakte hem en we aten hem samen op. Onder het eten lachte ze naar me, en na het eten zouden we...

Ik kreeg een elleboogstoot in mijn ribben, precies op tijd.

'Mat, leg jij die som even uit.'

Het was een gemakkelijke opgave. Wiskunde is mijn sterkste

vak. Ik maakte de som op het bord. Bosmans keek toe, met een krijtje in zijn hand.

'Iemand een vraag?'

Bosmans keek de klas rond. Niemand zei iets en ik liep terug naar mijn plaats. Ik bladerde in mijn agenda en zag bij vandaag, in een rond meisjeshandschrift, een zin: *Vanmiddag om drie uur in het park, bij het beeld. Lydia.*

Ik keek achterom. Lydia maakte sommen.

Het beeld in het park was vuil. Een plaatselijke kunstenaar had een paar jaar geleden opdracht gekregen het beeld te maken. Het was een betonnen moeder geworden, een baby in haar armen. De moeder stond gebogen alsof ze het kind wilde beschermen. Een hand van de baby lag tegen zijn moeders hals. De vrouw keek achterom, angstig.

Ik streek met mijn handen over het kunstwerk. Het voelde ruw aan.

'Lelijk,' zei Lydia.

Ik had haar niet aan horen komen. Ik trok mijn handen terug. Lydia zette haar fiets tegen een boom. Wat wilde ze van me?

'Misschien kun je me helpen,' zei ze, terwijl ze aan een haarpluk trok. Ik zag dat ze zeegroene ogen had, als de Griekse godin Athene.

'In het weekend ga ik het bos in. Misschien kunnen we die brandstichter betrappen.'

'Brandstichter?'

Het leek alsof mijn gezicht vlam vatte. Ik begon te hoesten en spuugde mijn kauwgom uit.

'Ik verslikte me.'

Die truc gebruikte ik vaker als ik bloosde.

'De bosbrand heeft al veel schade aangericht. Er zijn ook dieren verbrand. Ik neem een fototoestel mee.'

'Ik kan het weekend niet,' loog ik, 'we gaan naar mijn opa en oma.'

'Gaan jullie logeren?'

'Nee.'

'Zaterdag of zondag?'

'Zaterdagmiddag.'

'Dan kunnen we zondagmiddag toch afspreken?'

'Misschien.'

23 juni

Het was warm en de wind was krachtig, uit het oosten. Ook gisteren was het een mooie, zonnige dag geweest. Mama en ik hadden in de tuin gewerkt. Ze had voor het eerst in maanden bloemen uit de tuin geplukt.

'In de natuur gaat alles gewoon door,' had ze gezegd.

Het boeket had ze later op de dag weggegooid.

Haar woorden hadden me kwaad gemaakt: de natuur trekt zich

niets aan van de dood van mijn broertje. Ik moest me beheersen om niet alle bloemen uit de grond te rukken. De tuin was één groot gegons van leven: hommels vlogen in de kelken van vingerhoedskruid, waterjuffers scheerden over het water van de vijver. Bijen op de lavendel, vlinders vingen zonlicht op. 's Nachts vraten slakken aan de bladeren van de stokrozen en lupines, waardoor de bladeren verschrompelden.

Zaterdagavond had ik naar de sterren gekeken, zoals miljarden mensen dat voor mij gedaan hadden en ik was duizelig geworden.

Mijn broertje is dood en de maan staat gewoon aan de hemel, de zon komt op en de wind waait.

Onder de uitgebloeide lupines vond ik slakken en ik vertrapte ze onder mijn schoenen, veegde het slijm af aan de stenen.

Mama lag op bed, voorover. Ze sliep. Haar mond stond halfopen en in haar mondhoek knapte een belletje speeksel.

Woonde ik maar met haar alleen.

Beneden ging de telefoon. Het was Lydia.

'Gaan we vanmiddag nog?'

'Mijn moeder is ziek en mijn vader is op de brandweerkazerne. Ik moet bij haar blijven.'

'Het is toch niet ernstig?'

'Nee, ze is oververmoeid. Ik heb mijn vader beloofd bij haar te blijven.'

'Zal ik naar jou komen?'

Dat niet. Wat zou mama daarvan zeggen?
'Een andere keer, ik heb echt geen tijd.'

Ik legde een briefje neer voor mama en fietste naar het bos.
In mijn rugzak had ik een pakje sigaretten – van mijn vader
gejat – een lange vuurwerklont en een plastic flesje met wasbenzine. De vuurwerklont had ik in de schuur gevonden.
Aan de rand van het bos was een droge greppel. Ik maakte de
vuurwerklont met plakband vast aan het sigarettenfilter en
goot de wasbenzine op het droge gras. Ik stak de sigaret op,
legde hem op een kaal stukje grond en zorgde ervoor dat de
vuurwerklont eindigde in het gras.
Daarna pakte ik mijn fiets en reed terug naar huis. Ik was precies een halfuur weggeweest. In huis was het stil, mama sliep
zeker nog. Ik gooide het briefje weg.
In de verte hoorde ik een sirene.
Twee uur later was mijn vader thuis. 'Weer een bosbrandje,' zei
hij. 'We waren er snel bij. Gelukkig was het bos nog niet zo
droog. We denken dat het is aangestoken, door een amateur,
dat wel. Als je de boel in de fik wilt steken, moet je op meerdere plaatsen tegelijk brandstichten en wachten tot het bos
echt droog is.'
Hij praatte meer tegen zichzelf dan tegen mij. Zoals altijd.
'Waar is mama?' vroeg hij ineens.
'Ze ligt op bed.'
Mijn vader liep naar boven en ik hoorde hem tegen mama pra-

ten. Zijn stem werd steeds harder en ik kon precies verstaan wat hij zei.

'Vind je dat ik me meer met Mat moet bemoeien? Híj sluit zich af. Jij en Mat zijn twee handen op één buik. Als jullie samen zijn, besta ik niet eens.'

De zachte stem van mama was nauwelijks hoorbaar.

Mijn vader werd steeds bozer en er viel iets op de grond.

Hadden ze voor Daans dood ook wel eens ruzie?

Met grote stappen bonkte mijn vader de trap af.

'Ga je moeder maar troosten,' zei hij. 'Daar ben je geschikt voor.'

De voordeur knalde in het slot en ik hoorde een auto wegrijden.

Ik bleef in de kamer staan en zag Daan in het speelgoedhoekje zitten, spelend met zijn brandweerautootjes. Hij deed een sirene na.

'Papa heeft het niet gemakkelijk.'

De stem van mama, achter mij.

'Zullen we een eindje gaan fietsen?'

Ik zat naast mama tegen een boom. Het was warm, zelfs onder de groene koepel van beukenbomen.

'Ik moet je iets vertellen,' zei mama. 'Vrijdag ben ik op school geweest, ik heb met Hoek en je mentor gesproken, ze maken zich zorgen.'

'Dat doen leraren altijd.'

24

Ik pakte een takje op en brak het doormidden: een korte, droge klik.

'Waarom heb je me niet gezegd dat je de klas uitgestuurd bent?'

'Ik ben zelf de klas uitgegaan.'

'Je bent met Lydia naar de stad geweest, terwijl zij zich moest melden.'

'Dat was haar idee.'

'Er is meer gebeurd waarvan ik niets afweet. Je hebt Jochem geslagen en Priscilla's agenda volgekliederd. Je hebt je huiswerk vaak niet gemaakt.'

'Ik was kwaad.'

'Op wie?'

'Op iedereen.'

'Waarom?'

'Omdat Daan zo ziek was. Ik kon niets doen, zag hem steeds verder achteruitgaan.'

Mama legde een hand op mijn knie.

'Er is nog iets. Je hebt een paar weken geleden een opstel geschreven, waarin de hoofdpersoon droomt dat zijn vader neerstort in zee.'

'Papa is toch geen piloot? Het was maar een verhaal.'

'Je leraar Nederlands vond het een vreemd opstel en heeft het aan de mentor gegeven. Ik heb het ook gelezen. Het is een boosaardig verhaal, want de ik-persoon vindt het niet erg dat zijn vader omkomt. Dat is niet normaal.'

'Papa hield meer van Daan dan van mij, dat weet je zelf ook
wel.'

'Dat denk ik niet.'

Ik stond op en keek op mama neer. 'Hij moet niks van mij hebben, vindt mij een moederskindje.'

'Misschien heeft hij een beetje gelijk. Ben je jaloers op papa?'

Jaloers? Op die man die ook bij ons in huis woont?

'Mat, kom nog even naast me zitten.'

Ik deed wat ze vroeg, maar liet ruimte tussen ons tweeën.

'Ik ben je moeder. Weet je wat dat betekent? Dat ik van je hou,
voor je zal zorgen, niet meer en niet minder. Papa houdt ook
van je, maar hij vindt het moeilijk dat je je afsluit voor hem.
Hij verwacht dat je met hem gaat vissen, meegaat naar een
voetbalwedstrijd en niet dat je mij helpt in de tuin en voor me
stofzuigt.'

'Wat is daar mis mee? Ik vind het gewoon leuk om je te helpen.'

'Jongens van dertien doen dat niet.'

'Wat een onzin. Ik wil je graag helpen.'

'Waarom?'

'Omdat ik je...'

Ik kon het woord niet uitspreken.

Op de terugweg zeiden we niets tegen elkaar. Het leek alsof ik
alleen naar huis fietste, opgesloten in mijn hoofd.

24 juni

Ik zette de radio aan en luisterde naar het nieuws:

*De brandweer van Anningen moest zondagmiddag voor de twee-
de keer uitrukken om een beginnende bosbrand te blussen. Een
woordvoerder sprak opnieuw het vermoeden van brandstichting
uit. Hij uitte ook zijn zorg over de komende week. Door de hoge
temperaturen, de droge lucht en de harde wind neemt het
gevaar op bosbranden toe.
Vandaag zal het tegen de 30 graden worden en ook de komende
dagen zijn warm en droog met maximumtemperaturen van 25
graden aan zee tot 31 in het zuidoosten van het land.*

Voordat ik naar school ging, nam ik een douche en dacht aan
mama. Nog nooit had ik zo'n vreemd gesprek met haar gehad.
Jaloers op papa? Ze is waarschijnlijk in de war. Ik zou nooit
willen worden wat mijn vader is. Alleen kleine kinderen willen
brandweerman worden. Hij is goed in zijn vak, dat wel. Een
jaar geleden heeft hij de voorpagina van de krant gehaald,
omdat hij een gezin uit een brandend huis gered had. Hij was
de held van de dag. Maar jaloers? Flauwekul. Wie is er nou
jaloers op zijn vader?

Er werd op de deur geklopt. 'Een beetje opschieten, Mat.
Anders kom je te laat.'
Waarom kwam ze niet gewoon binnen? Dat deed ze vroeger ook.
'Ik kom eraan,' riep ik.
We ontbeten samen.
Ik zei niet veel en mama ook niet. Ze gaf me ook geen kus toen
ik wegging. Dat was nieuw.

Lydia stond al op het schoolplein. 'Hoe is het met je moeder?'
'Gaat wel,' zei ik terwijl ik mijn fiets op slot zette.
'Heb je gehoord dat er weer brand was?'
'Het was op het nieuws vanmorgen.'
'Ze denken dat hij het deze week nog eens zal proberen.'
'Wie zegt dat het een man is?'
'Mijn vader zegt dat pyromanen bijna altijd jonge mannen zijn.'
Zou dat waar zijn?
'Hoe weet hij dat?'
'Hij leest veel thrillers en kijkt 's avonds vaak naar *Discovery
Channel*. Een paar weken geleden was er een programma over
pyromanen. Hij vertelde me dat de meeste pyromanen tussen
het publiek naar de brand kijken die ze zelf hebben aangesto-
ken. Een pyromaan heeft weinig zelfvertrouwen. Op school is
hij gepest. Vaak heeft hij een strenge opvoeding gehad. Hij
heeft moeite om vrienden te maken. Meestal heeft hij gedronken voordat hij een brand sticht. Soms krijgt hij speeksel in
zijn mond als hij brand sticht.'

Als ik aan zoute drop denk, krijg ik wel eens speeksel in mijn mond, dacht ik. Zou dat hetzelfde zijn?

'Mijn vader denkt dat er bij ons in het bos een pyromaan aan het werk is, een eenzame gek op zoek naar aandacht, een zieke man.'

Lydia praatte over haar vader met lichtjes in haar ogen. Ze was trots op hem en ik voelde even een prikkelende pijn in mijn buik.

'Wat doet je vader voor werk?' Ik probeerde de vraag gewoon te stellen, zonder nieuwsgierigheid.

'Hij heeft een bedrijf, maar hij is vaak thuis en dan leest hij in zijn bibliotheek.'

'Bibliotheek?'

De bel ging en we liepen samen naar binnen.

Tijdens Nederlands dacht ik na over wat Lydia had gezegd. Ik ben geen pyromaan. Ik kijk niet naar de brand, krijg geen speeksel in mijn mond, drink geen alcohol, word niet gepest op school. Ik ben niet ziek. Alleen maar boos.

Ik hoorde de vraag van mama in mijn hoofd: Ben je jaloers op papa? *Wat een rotvraag.*

De bel ging.

'Hebben jullie verkering?'

Ik had de vraag eerder verwacht, op school blijft niets verborgen. 'Doe normaal,' zei ik tegen Erik.

'Ze kijkt steeds naar je, nu ook.'

Wouter wees naar Lydia, die twintig meter verderop stond. Ze praatte met haar vriendinnen.

'Ze zwaait naar je.'

'Mooie meid,' vond Erik, 'echt een stuk.'

'Al gezoend?' Wouter klakte met zijn tong.

'Ik heb niks met Lydia.'

'Maar zij wel met jou. Ze is smoorverliefd op je, dat ziet iedereen.' Erik sloeg me op mijn schouders en lachte hard.

'Doe je best,' zei Wouter.

Ik voelde me niet op mijn gemak. Zweet prikte op mijn voorhoofd.

Lydia verliefd op mij? Dat was wel het laatste wat ik wilde.

Plotseling dacht ik weer aan mama, aan het gekke gesprek onder de bomen. Ze was anders geworden. Kwam dat door de dood van Daan?

'Wat sta je nou stom voor je uit te staren,' zei Erik.

Uit school wilde ik zo snel mogelijk naar huis, maar Lydia liep met me mee naar de fietsenstalling. Heel even raakten onze schouders elkaar en ik schrok van haar zachtheid. Snel deed ik een klein stapje opzij. Ze pakte mijn arm vast en vroeg: 'Ben je bang voor me?'

'Bang?' herhaalde ik haar vraag om tijd te winnen. 'Ik zou niet weten waarom.'

Haar hand was zweterig op mijn onderarm. We stonden stil, in de hitte.

'Je bent niet als de andere jongens, je kijkt niet naar meisjes.'
'Moet dat dan?' Het klonk onvriendelijker dan ik bedoelde.
'Vind je mij niet leuk?'
Ze vroeg het langzaam, met een hoge stem, haar hoofd een beetje schuin.
Ik kreeg het steeds warmer en ik was duizelig.
Vroeg ze nu verkering? Dat wilde ik niet.
Ik zag haar glimlach en beet hard in mijn onderlip.
'Je bloedt,' zei Lydia, 'wacht, ik heb een papieren zakdoekje.'
Ze zette haar rugtas op de pleintegels en maakte hem open.
'Laat mij maar even.'
Lydia depte mijn lip, precies op dezelfde manier als ook mama vaak had gedaan.
Ze lachte, gaf me het zakdoekje, pakte haar rugzak en rende naar haar fiets.
Ik begreep niet waarom ze ineens zo'n haast had.

Mama was in Daans kamer. Ze zat op zijn bed. Op Daans kussen lagen drie knuffeldieren. Zijn lievelingsknuffel was er niet bij. Die was meegegaan in de kist.
'Als ik aan zijn kussen ruik, lijkt het of ik hem vanmorgen nog wakker gemaakt heb,' zei mama. Haar stem was toonloos, als van een dove. 'Ik wilde zijn bed afhalen, zijn kleren uitzoeken, het speelgoed opruimen, maar ik kon het niet. Ik denk nog steeds dat hij weer hier zal zijn.'
Wat moest ik doen om mama te troosten?

Ik wilde naast haar gaan zitten, een arm om haar heen slaan, maar ik kon het niet. Het leek alsof ik van hout was. Mijn armen en benen wilden niet bewegen.

'Weet je nog dat hij zich een keer verstopt had? Papa, jij en ik konden hem niet vinden. Hij lag in de la onder zijn bed, duim in zijn mond en grote pretogen.'

Ze praatte meer tegen zichzelf dan tegen mij.

'En die keer dat hij in een boom geklommen was? Papa moest een ladder gebruiken om hem eruit te halen. Hij was bang, maar wist dat papa hem zou redden.'

Waarom zei mama dat? Had hij mij ooit bevrijd?

Mama leek wakker te worden uit een droom.

'Ik zoek alles morgen wel uit, het heeft geen haast.'

Het was benauwd op mijn kamer. Ik zette het raam open. Voor de volgende dag moest ik een repetitie biologie leren, maar deed het niet. Mijn cijfers waren hoog genoeg, ik zou toch wel overgaan.

Ik keek uit mijn raam en zag mama onder de parasol zitten, een tijdschrift op haar schoot. Ze las niet, staarde de tuin in. Haar benen en voeten waren wit. Ze hield niet van zonnen. Mager was ze. Een smal gezicht had ze. Ze leek in een paar maanden jaren ouder geworden. Over vier weken zou ze veertig worden, wat ze afschuwelijk vond.

'Ik geef dan geen feest,' had ze vorig jaar gezegd, 'een ramp is het: veertig!'

Mijn vader had haar opgetild, rondgedraaid. 'Jij blijft altijd jong.'

Mama merkte niet dat mijn vader ineens in de tuin stond. Zeker vroege dienst gehad. Hij sloop op zijn tenen naar haar toe en kuste haar.

Ze schrok. Het tijdschrift viel op het terras.

'Niet schrikken,' zei hij. 'Ik ben het maar.'

Mijn vader ging naast haar zitten. 'Gaat het een beetje?'

Mama schudde haar hoofd.

'Kan ik iets voor je doen? Wil je iets drinken?'

Als ik mijn vader zou zijn...

Dan zou mama mijn vrouw zijn, dacht ik. De gedachte stuiterde in mijn hoofd, knalde tegen de binnenkant van mijn voorhoofd en draaide rond in mijn schedel.

Met mijn hand veegde ik over mijn gezicht.

Ik ben mijn vader niet en mama is gewoon mijn moeder.

Gewoon?

Ik voelde me misselijk worden en hield in de badkamer mijn hoofd onder de kraan.

25 juni

De hitte bereikt vandaag haar hoogtepunt. Het kan plaatselijk 35 graden worden. De wind is vrij krachtig uit het oosten.

34

Morgen en overmorgen opnieuw droog en zonnig, maar de tem-
peratuur doet een stapje terug, het wordt dan ongeveer 28 gra-
den.

Vandaag was een korte schooldag en voor het eerst van mijn
leven had ik tegen mama gelogen.
'Ik heb tot en met het zevende uur les,' had ik tegen haar
gezegd. 'Ben om half vier thuis.'
Om één uur fietste ik naar de stad en kocht in verschillende
zaken flessen wasbenzine. In een andere winkel kocht ik een
rolletje dun touw, want ik durfde geen vuurwerklont uit de
schuur meer mee te nemen, bang dat mijn vader het zou ont-
dekken. In mijn rugzak zaten ook nog een schaar, plakband en
sigaretten. Ik had geen idee of het touw zou branden, maar ik
zou het vooraf weken in de wasbenzine.
Kwart over twee was ik in het bos. Het waaide flink, de kruinen
van de bomen ruisten. Dit keer moest het lukken.
Mijn vader zou over een uur wat te doen hebben. Hopelijk fikte
het de hele nacht.
Ik goot de helft van een fles wasbenzine over dorre takken die
slordig over elkaar heen lagen. Daarna wikkelde ik een paar
meter touw af, knipte het door en liet het in de fles zakken.
Het ene uiteinde hield ik vast en schudde zacht met de fles.
Het touw werd donkerbruin van het vocht. Ik trok het touw uit
de fles, knipte het droge deel af. Het vochtige uiteinde plakte
ik vast net boven de filter van een sigaret. Ik herhaalde het-

zelfde met twee andere stukken touw en sigaretten.

Ik keek om me heen. Er was niemand te zien, niets te horen, behalve de wind in de bomen.

Er zijn ook verbrande dieren gevonden.

Lydia's stem klonk zomaar in mijn hoofd.

Dit gaat tussen mijn vader en mij.

Een van de sigaretten klemde ik in de vork van een tak en stak hem aan.

Snel pakte ik mijn spullen en reed met mijn fiets een paar honderd meter verder het bos in. Daar goot ik de fles wasbenzine leeg en gooide hem in de struiken. Opnieuw stak ik een sigaret aan, en reed weer weg, nog verder het bos in.

Op een open plek liet ik de tweede fles wasbenzine leeglopen in het dorre gras. Ook daar ontstak ik een sigaret. De lege fles liet ik liggen, die zou toch helemaal smelten of verbranden.

Terug in de stad keek ik op mijn horloge, het was bijna drie uur. Ik moest nog een halfuur wachten voordat ik naar huis kon.

Ik had dorst en kocht een blikje cola, dat ik in het park opdronk.

Het was tien voor half vier en ik stapte op mijn fiets. Over de weg die langs het park lag, kwamen drie brandweerauto's aan. De sirenes deden bijna pijn aan mijn oren.

Ik remde en wachtte.

Was dat mijn vader die even zijn hand opstak? Zat hij in de

voorste brandweerwagen die voorbijscheurde?

Ik herinnerde me dat ik één keer met mijn vader samen in zijn brandweerauto heb meegereden, jaren geleden, tijdens een open dag. Ik had ook een brandje geblust. Mijn vader en ik hielden de brandweerslang vast, waaruit schuim spoot. De slang trilde zo hevig dat het leek alsof hij leefde.

Langzaam fietste ik naar huis. Ik zette mijn fiets in de schuur en zag mama in de tuin. Ze lag achterover in een tuinstoel. Mama sliep.

Ik ging tegenover haar zitten en keek naar haar. Ze zuchtte en krabde haar arm, zonder wakker te worden. Over haar linker-voet liep een vlieg, die soms even stilstond en zijn voorpootjes over elkaar wreef. Ik boog voorover en zwaaide met mijn armen. De vlieg verdween. Het was stil in de tuin, waar de hitte als in een glazen bol opgesloten leek. De warmte van de zon drong zelfs door het parasoldoek heen.

Op het terras stonden vuilniszakken, dichtgebonden met touw. Waarschijnlijk zaten de kleren van Daan erin. Over een paar weken zouden andere jongens die kleding dragen. Misschien zou ik door de stad fietsen en op een speelplaats een jongen op de schommel zien in Daans kleren. Hij zou ze vuil maken en niet weten dat het kleren van een dood jongetje waren. Van Daan, die zo graag speelde en herrie maakte en nu als een was-sen beeld, als een aangeklede pop voor altijd stil zou zijn.

Mama bewoog en mompelde iets. Misschien droomde ze over Daan. Ze zweette. Onder haar armen zaten donkere, ronde vlek-

ken in haar shirt. Op haar bovenlip waren kleine haartjes zichtbaar, die ik nooit eerder gezien had. Ik wilde niet meer kijken
en stond op. De stoel schoof over het terras en mama schrok
wakker.

'Je bent er al,' zei ze. 'Ik moet in slaap gevallen zijn.'

Ze veegde over haar ogen.

'Lydia heeft gebeld.'

Ze keek snel op haar horloge.

'Een uur geleden. Ik dacht dat je pas na het zevende uur uit
was? Waar ben je geweest?'

'Ik ben nog even de stad in geweest,' loog ik.

'Waarom?'

'Had ik zin in.'

Het leek alsof mama meters verderop zat, hoewel ik haar kon
aanraken, zo dichtbij was ze. Met gespreide vingers haalde ze
haar donkere haar naar achteren. Ik zag dat het vlak boven
haar voorhoofd grijs was. Ook dat had ik nog niet eerder
gezien.

Keek ik met andere ogen naar haar?

Een zwakke windvlaag kietelde mijn nek.

'Je ruikt vreemd,' zei ze, 'naar petroleum of zo.'

'Ik ga Lydia bellen.'

Snel liep ik naar binnen.

In de badkamer waste ik mijn handen, die naar wasbenzine
stonken. Ik had plastic handschoenen moeten gebruiken.

Ik trok mijn T-shirt uit mijn broek en rook eraan; een vage brandgeur. Ik nam een deodorant en spoot onder mijn armen.
Lydia bellen.
Ik had haar nummer niet en moest het opzoeken. Haar achternaam kwam maar één keer voor.
'Met Klingendal.'
Een mannenstem.
Ik noemde mijn naam en vroeg naar Lydia.
'Ze is naar het zwembad. Zal ik vragen of ze straks terugbelt?'
'Ik bel vanavond zelf wel. Dag meneer.'

Mijn vader kwam die avond niet thuis. De bosbrand was nog niet onder controle, had mama gezegd. Hij belde mama altijd even op als hij later zou zijn.
Mama en ik hadden naar het *Journaal* gekeken: hoog oplaaiende vlammen, zwoegende brandweerlieden, brekende boomtoppen, die brandend op de bodem vielen.
Mijn vader was kort geïnterviewd.
'Het bos is kurkdroog en er staat een stevige wind. Het vuur is op meerdere plaatsen ontstaan.'
'Is er sprake van brandstichting?' had de verslaggever gevraagd.
'Dat moet onderzoek uitwijzen, maar we hebben wel vermoedens in die richting.'
Na het *Journaal* had ik op mijn vaders werkkamer naar Lydia gebeld.

'Waar was je vanmiddag?'

Het leek alsof ik mama hoorde: dezelfde vraag, dezelfde toon.

'De stad in geweest.'

'We zijn met de halve klas gaan zwemmen. Jammer dat jij er niet was.'

'Andere keer beter.'

Het was even stil.

'Mat, heb je het *Journaal* gezien?'

'Ja.'

'We moeten echt iets doen. Het blijft mooi weer en ik denk dat die pyromaan niet zal ophouden.'

Die pyromaan! Ze moest eens weten.

'Wat wil je dan doen?'

'Morgenmiddag uit school naar het bos, misschien kunnen we hem betrappen.'

'Dat is toch een zaak van de politie?'

'Wil je niet?'

'Hoe laat zijn we uit?'

'Om twee uur, ga je mee?'

Haar stem was ongeduldig en gespannen tegelijk.

'Gaan er nog anderen mee?' vroeg ik.

'Wil je dat?'

'Van mij hoeft het niet.'

'Goed, dan gaan we samen.'

26 juni

Het nieuws van de bosbrand stond op de voorpagina van de
ochtendkrant. Ik las het artikel snel door.
Met een slaperig gezicht kwam mijn vader de keuken in. 'Het is
gelukt,' zei hij. 'Vannacht om drie uur waren we de brand mees-
ter.'
Ik wilde niet met hem praten en ik durfde hem niet aan te kijken. 'Ik moet gaan, anders kom ik te laat.'
'Succes vandaag,' riep hij me na.
Veel te vroeg was ik op school. Op de parkeerplaats stonden
een paar auto's van leraren die nog vroeger dan ik waren. Ik
herkende de auto van De Kleuver, een oude, ongewassen Opel.
Boven de achterbumper zat een deuk. Een auto zoals ze zelf
was.
Ik liep naar het muurtje naast de ingang en ging zitten. De zon
scheen in mijn gezicht. Het zou een saaie, warme schooldag
worden.
Wouter kwam het plein oplopen. 'Gave fik gisteren,' zei hij, 'ik
ben gaan kijken. Jou heb ik niet gezien.'
'Ik hou niet van brand,' zei ik.
'Spectaculair was het. Sensatie. Al die rook, die herrie. Het was
zelfs op het *Journaal.*'

'Heb ik gezien.'

Het werd drukker op het plein.

'Wat kijk je? Zoek je iemand?'

Lydia, wilde ik zeggen, maar hield net op tijd mijn mond.

'Met jou valt ook niet meer te praten,' zei Wouter en hij slenterde weg.

Ik zag Lydia het plein op komen. Haar rode haar sprong bij iedere stap omhoog. Het leek alsof ze zweefde, verend kwam ze dichterbij.

'Hoi,' zei ze.

Had ze altijd zulke lichtjes in haar ogen?

Ik vergat iets te zeggen.

Ze ging vlak naast me zitten en haar been raakte het mijne. Het maakte me in de war.

Wat ik precies voelde, weet ik niet meer. Het was als een knisperende vonk die overal in mijn lichaam oplichtte. Of was het een tinteling die in mijn vingers begon en eindigde in mijn buik?

Ik had het warm. Mijn voeten werden bloedheet en mijn haren kriebelden op mijn hoofd.

Lydia kwam in het lokaal ook naast me zitten, alsof ze nooit anders gedaan had. Ik keek om me heen, hoorde het gefluister en gegiechel, zag de oogcontacten tussen de meisjes en de gebaren van de jongens. Dit was nieuws, zoals iedere verandering in een klas een nieuwtje is. Dit was nog niet eerder gebeurd in klas 1C: een meisje dat zomaar naast een jongen ging zitten.

Ik kan me van de lessen niets meer herinneren, weet ook niet meer of ik blij, verlegen of misschien wel bang was door Lydia's actie.

Ik durfde haar niet aan te kijken.

Wat ik wel weet: mama verscheen als een dia in mijn hoofd. Ze lichtte op en verdween weer. Ik kon de beelden niet tegenhouden. Iedere keer hetzelfde plaatje: mama staat met haar rug naar me toe in de tuin. Ze houdt met twee handen een grote spiegel vast. Ze staat op tientallen opgestapelde lucifersdoosjes, op blote voeten.

Lydia was zo dichtbij. Ik had mijn hand op haar been kunnen leggen, haar een kus kunnen geven.

Als ik gedurfd had.

Ik zou het nooit doen, niet uit mezelf.

De uren brokkelden langzaam af naar de middag. Zelfs van de muren gloeide de warmte die me duf maakte.

Om het afgebrande bos was een rood-wit lint gespannen. Het was verboden gebied geworden.

Een prikkelende geur van verbranding nevelde boven verschroeide aarde. Er waren geen geluiden van vogels.

Ik keek naar de zwarte leegte en wist dat deze chaos mijn schuld was. Het leek alsof de zon stilstond, de stralen door mijn kleren brandden. Mijn hart sloeg langzaam. Ik ademde licht en mijn voeten sliepen. Mijn ogen kon ik niet openhouden.

'We gaan erin,' zei Lydia, 'ik wil alles zien, ruiken.'

'Het is verboden.'

'Als we politie tegenkomen, bedenken we wel iets.'

Lydia gaf me een schouderduwtje en haar aanraking was zacht. Mijn hoofd suisde van gedachteflarden. Ik dacht veel tegelijk in woorden en beelden. Stemmen sprongen met korte zinnen in mijn hoofd. *Ga het bos niet in. Straks verraad je jezelf. Geef haar een hand.* Beelden openden zich achter mijn ogen: de glimlach van mama, de opgestoken hand van mijn vader. Ik rook de stank van de wasbenzine, proefde de bittere smaak van sigarettenrook. *Lydia is lief. Mama houdt me vast.*

Lydia duwde opnieuw, iets harder nu.

'Wat een dromer ben jij.'

Ze gaf me een hand en ik durfde niet te knijpen. Haar warmte schoot door mijn arm.

Ze trok me naar voren, onder het lint door.

Ik kreeg een droge mond.

We liepen samen over de zwarte bodem, tussen de geblakerde bomen door. Lydia liet mijn hand los en voelde met twee handen aan een boom. Haar handen werden zwart. Met haar nagels krabde ze aan een stuk schors, het brak gemakkelijk af.

'Ruik eens.'

Ze hield de schors onder mijn neus.

Misschien verbeeldde ik het me, maar ik voelde een lauwe

warmte op mijn bovenlip. De schors rook naar verschroeiing.

Lydia lachte. 'Je hebt een snor!'

Ik veegde onder mijn neus en keek naar mijn wijsvinger, waar kleine, zwarte strepen zaten.

Lydia stak een vinger in haar mond en wreef onder mijn neus. Het speeksel was koel op mijn gloeiende huid.

'Nu ben je weer een jongen,' zei ze.

Het leek alsof ik mama hoorde praten. Als kleuter had ik me eens verkleed. Ik had een overhemd en een colbert van mijn vader aangetrokken, een stropdas omgedaan. Boven mijn mond had ik met viltstift een snor getekend. In de keuken had ik koekjes op een schaaltje gelegd en twee glazen water inge-schonken. Aan de keukentafel had ik op mama gewacht.

'Dag man,' had ze gezegd. 'Het spijt me dat ik zo laat ben.'

Ze drukte een kus op mijn wang.

'Wil je een koekje?'

We hadden samen een koekje gegeten, water gedronken.

'Wat een mooi pak heb je aan,' had ze gezegd.

We hadden nog een koekje gegeten en mama had de betovering verbroken: 'Zo, nu moet je het pak uittrekken en je snor eraf poetsen, dan ben je mijn jongen weer.'

We dwaalden door het spookbos, waar het doodstil was. Ik volgde Lydia, die soms stilstond om een foto te maken. Haar rode haar leek een vlam op haar hoofd.

Na een kilometer werd het bos langzamerhand groener.

Ver weg blafte een hond.

'Ik maak een foto van je,' zei ze.

Ik voelde me onzeker, wist niet hoe ik moest staan en keek strak over Lydia heen.

'Kijk eens wat vriendelijker.'

Ik probeerde aan mama te denken.

'Zo is het veel beter.'

Lydia nam de foto. De digitale camera maakte bijna geen geluid.

'Mag ik van jou ook een portret maken?' vroeg ik.

Ze gaf me de camera. 'Op het beeldscherm kijken en hier afdrukken.'

Lydia leunde tegen een boom, één hand achter haar hoofd.

Ik drukte af en gaf haar de camera terug.

We stonden onder een enorme beuk, die onbeschadigd was. Onder de boom was het iets koeler. Lydia ging zitten en ze klopte met haar hand op het stugge gras.

'Kom.'

Ik deed wat ze vroeg.

Ze drukte achterelkaar op een knopje van haar camera en we keken samen op het beeldschermpje naar de foto's.

Ik stond er verlegen op.

Het portret dat ik gemaakt had, was mooi.

'Als ik straks thuis ben, zal ik de foto's e-mailen. Wat is je e-mailadres?'

'Mat13@hotmail.com.'

'Makkelijk te onthouden.'

We zwegen.

'Hopelijk vinden ze die pyromaan,' zei Lydia.

Ik wilde zeggen dat het geen pyromaan was, maar bedacht me.

'Mijn vader denkt dat ze hem zullen pakken.'

Wat is liegen gemakkelijk, dacht ik.

'Jouw vader is toch brandweercommandant?'

'Ja.'

'Heeft hij jou verteld hoe de branden zijn aangestoken?'

'Hij praat bijna nooit over zijn werk.'

'Maar hij heeft je wel verteld dat ze de brandstichter zullen arresteren.'

'Dat zei hij tegen mama.'

'Mama?'

'Ik bedoel mijn moeder. Ik ben het gewend "mama" te zeggen.'

'Je zei wel "mijn vader". Waarom geen "papa"?'

'Mijn vader is niet vaak thuis, ik zeg dus niet zo vaak papa.'

Het was een snelle smoes.

Lydia zweeg en leunde tegen de beukenboom.

Plotseling draaide ze zich naar me toe, sloeg een arm om mijn schouder en zoende me op mijn mond, een heel andere kus dan ik van mama gewend was.

Ik kuste Lydia ook, het ging helemaal vanzelf.

Op mijn vaders werkkamer opende ik mijn e-mail. Lydia had twee foto's gestuurd. Ze had ook een kort briefje geschreven:

Lieve Mat,
Je bent zeker niet gewend dat iemand een foto van je maakt!
Geeft niks. Vind je dat ik er goed opsta?
Doei, Lydia

Ik stuurde haar een mailtje terug, printte de foto van Lydia uit
en nam hem mee naar mijn kamer. Wat een mooi meisje. Was
zij nu mijn vriendin? Als je zoent, heb je dan verkering? ∎

27 juni

Ik werd wakker na een onrustige nacht en zette de radio aan.
Het was drie minuten voor zeven en de reclameboodschappen
vulden mijn kamer.
Gisteravond hadden mijn ouders weer ruzie gehad. Ik ben naar
boven gevlucht, maar zelfs achter de gesloten deur van mijn
kamer had ik hun stemmen gehoord. Het ging over mij. Mama
kon ik niet verstaan, de harde stem van mijn vader wel.
'Waarom is die jongen niet zoals andere jongens van zijn leeftijd? Hij sport niet, luistert niet naar popmuziek. Het enige wat
hij doet is lezen en tekenen. En jou helpen met stofzuigen en
onkruid trekken.'
Zacht stemgeluid van mama had onverstaanbaar tegen mijn
deur gekabbeld.

'Hij zou ook een keer met mij mee moeten gaan. Kan hij zien hoe wij een brand blussen.'

Je hebt me nooit gevraagd. Nooit. Daan mocht altijd mee.

'Tijd?' had ik mijn vader gehoord. 'Hij bekijkt het maar. En jij moet ook eens normaal met hem omgaan. Het is een moederskindje.'

Ik haat dat woord.

Ik hoorde het weerbericht. Het zou zaterdag kunnen gaan onweren, zware buien met windstoten. Vandaag en morgen zal het nog warm zijn, maar ik durf niet nog een keer brand te stichten.

Ik voelde met mijn duim en wijsvinger aan mijn lippen, die gekust zijn door Lydia. Ze heeft bijzondere ogen, zeegroen.

Op school zaten we weer naast elkaar. Het gegiechel en gegrinnik om me heen maakten me niets uit.

Tijdens de laatste les Engels van het schooljaar legde ze een hand op mijn been. Toen ik mijn hand op de hare wilde leggen, zei De Wit: 'Mat, handjes boven tafel en dat geldt ook voor Lydia. Ik wil geen geflikflooi in mijn les.'

De klas loeide.

De Wit lachte mee. Wat een uitslover is dat toch.

Lydia trok haar hand niet terug. Ze kneep zacht in mijn been.

De Wit lachte met zijn hoofd achterover. Ik zag de zwarte vullingen in zijn gebit. Zijn buik trilde onder een vaal overhemd.

'Waarom lacht u eigenlijk?' vroeg Lydia, maar De Wit hoorde het
niet.

Ineens stond Hoek in het lokaal, zijn kale kop glom van het
zweet.

'Gezellig is het hier. Mag ik ook meelachen?'

Het werd stil. De Wit rommelde in zijn broekzakken.

'Meneer De Wit houdt van leedvermaak,' zei Lydia. 'Ik had mijn
hand op Mats been gelegd en dat is volgens meneer De Wit
geflikflooi.'

De Wit stond als een stout jongetje voor de klas, zijn rug een
beetje gebogen. Hij keek naar de grond.

'Ik hou daar ook niet van,' zei Hoek, die precies aanvoelde dat
hij De Wit moest redden uit een lastige situatie, 'maar ik kom
voor iets anders. Ik wil Luc even spreken. Mag ik hem even
meenemen?'

De Wit knikte.

Luc en Hoek liepen het lokaal uit.

Lydia's hand lag nog steeds op mijn been. De Wit zag het, maar
zei niets.

Uit school ging ik met Lydia mee. Met mijn mobieltje had ik
mama gebeld, een kort gesprek.

'Met mij. Ik ga even met Lydia mee.'

'Hoe laat ben je thuis?'

'Om een uur of vijf.'

'Tot vanmiddag dan.'

52

Lydia woonde in een groot, oud huis met twee torentjes. Lydia en ik reden achterom en we zetten onze fietsen op een enorm terras. De tuin was zo groot als een voetbalveld. De achterdeur stond open en we gingen naar binnen. Het leek alsof ik een andere wereld binnenstapte.

'Hoi Elsbeth,' zei Lydia tegen een vrouw in de keuken. 'Dit is Mat, mijn vriend.'

De vrouw veegde haar handen af aan een doek en gaf Mat een hand.

'Ik regel het huishouden hier,' zei de vrouw. Ze was een jaar of vijftig, met donkergeverfd haar en opgemaakte ogen. 'Wat willen jullie drinken?'

'Wat heb je?' vroeg Lydia.

'Verse, uitgeperste vruchten.'

'Lekker,' zei Lydia. 'Staat de kan in de koelkast?'

De vrouw lachte. 'Gaan jullie maar in de tuin zitten. Ik kom het zo wel even brengen. Hebben jullie al gegeten? Nee, natuurlijk niet, jullie komen net van school. Vakantie gekregen. Dat moet een goed gevoel zijn. Of moeten jullie je rapport nog ophalen?'

'Volgende week donderdag,' zei Lydia. 'We zijn allebei over.'

De vrouw kletste gewoon door, in korte zinnen.

'Dat is mooi. Beetje pech hebben jullie wel. Zaterdag gaat het regenen. Net op de radio gehoord. Begint net jullie vakantie, wordt het slecht weer. Dat zul je altijd zien. Nou vooruit, ga in de tuin zitten.'

Geen brand dus, dacht ik.

Ik liep achter Lydia aan.

Dat doe ik altijd. Ik loop achter haar aan.

Onder een lindeboom stonden acht houten ligstoelen met dikke kussens erop. Iedere stoel had een tafeltje.

Lydia trok haar schoenen uit.

'Anders wordt Elsbeth boos,' zei ze.

Ze ging liggen, haar handen achter haar hoofd. Haar shirt was uit haar broek gegaan en ik zag haar navel. Haar buik was bruin.

'Neem ook een stoel.'

Ik schopte mijn schoenen uit.

'Ga lekker liggen.'

Ik deed wat Lydia zei.

Elsbeth zette een kan, glazen en een schaal broodjes neer.

'Bedankt,' zei Lydia.

Het klonk heel gewoon.

Lydia schonk de glazen vol en nam een warm, knapperig brood-je.

'Eet smakelijk.'

Ik nam een slok van het vruchtensap. Het smaakte fris en zoet tegelijk. Daarna nam ik een broodje en at het op.

'Waar gaan jullie heen met vakantie?' vroeg Lydia.

'Dat weet ik niet. Meestal gaan we een paar weken kamperen, maar nu Daan er niet meer is, gaan we misschien helemaal niet weg. Ik heb mijn ouders er nog niet over gehoord.'

Met vakantie gaan is wel het laatste waar ik zin in heb. De hele dag met mijn vader optrekken zeker.

'Wij gaan naar Spanje. Mijn ouders hebben een huis op een rots aan de kust van Llançà, een klein stadje aan de Costa Brava.'

'Wanneer?'

'We gaan 21 juli weg en komen 6 augustus weer thuis. Mijn broer gaat niet mee. Ik ga alleen met mijn ouders.'

Lydia ging rechtop zitten. 'Als jullie toch niet met vakantie gaan, kun je misschien met ons mee. Het huis is groot genoeg. Dan kunnen we zwemmen, snorkelen en zeilen.'

'Dat lijkt me niet zo'n goed idee.'

'Waarom niet?'

Wat moest ik zeggen? Dat mijn vader ook naar Spanje ging? Dat ik hem niet tegen wilde komen? Onzin natuurlijk: Spanje is groot. Geen idee waar hij precies naartoe ging. Ik wilde mama ook niet alleen achterlaten.

'Mat, vind je het niet leuk om met mij met vakantie te gaan?' Ze hield haar hoofd schuin en haar stem was lief.

'Ik moet het eerst met mijn ouders bespreken. Ze kennen je niet eens, en jouw ouders ook niet.'

'Dan gaan we nu toch even naar jouw huis?'

Ik keek op mijn horloge, het was half twee. Mama zou op bed liggen zoals bijna iedere middag.

'Straks, oké? Mijn moeder rust 's middags altijd.'

Lydia's groene ogen leken zich vast te zuigen aan de mijne: ik moest wel naar haar kijken.

'Wil je mijn kamer zien?'

Ik nam een laatste slok uit mijn glas en stond op.

'Lijkt me gaaf,' zei ik.

Lydia huppelde over het terras en ze liet de glazen, de kan en de schaal met broodjes staan.

Dat zou ik nooit doen. Ik zou de spullen meenemen om mama te helpen.

Lydia riep tegen Elsbeth: 'We zijn op mijn kamer!'

De vrouw wilde iets zeggen, maar we waren al voorbij de keuken.

In de hal was het schemerig en koel. De trap was van marmer en ging traag omhoog. Op de overloop scheen licht uit een kristallen lamp. Lydia opende een deur en daarachter was nog een trap.

'Ik heb een torenkamer,' zei ze.

Lydia's ronde kamer was heel licht en had een mooi uitzicht over de tuin. Een echte meisjeskamer: zachte kleuren, overal knuffels en een hemelbed.

'Ik zou zo graag willen dat je meeging naar Spanje,' zei Lydia terwijl ze me omhelsde. Haar warmte was bedwelmend, haar adem rook zoet en ik legde mijn handen op haar heupen.

Ze trok me op het bed, kroop dicht tegen me aan en kuste me. Haar rode haar leek op te vlammen, zo in de war zat het.

'Ik vind je lief,' zei ze met haar ogen dicht.

Natuurlijk wilde ik met haar naar Spanje.

28 juni

Mama en ik zaten in de tuin en dronken ijsthee. Het was warm en de luchtvochtigheid was hoog, waarschijnlijk was het einde van het mooie weer dichtbij.
'Apart meisje,' zei mama. 'Spontaan. Mooi ook met die groene ogen. Ze is wel erg vrij, het leek wel of ze hier al jaren kwam.'

Gisteren waren Lydia en ik om een uur of drie naar mijn huis gefietst. Mama was in Daans kamer geweest en ik had naar boven geroepen. Ze was naar beneden gekomen, in een korte broek en met blote voeten, haar nagels roodgelakt.
'Ik ruim de spullen van Daan op,' had ze gezegd.
Pas daarna had ze Lydia een hand gegeven.

'Ze is nooit verlegen,' zei ik. 'Op school zegt ze ook altijd gewoon wat ze denkt.'
'Hebben jullie verkering?'
'Hoe bedoel je?'
'Moet ik dat uitleggen? Je weet toch wel wat dat is?'
'Ja, natuurlijk.'
'Het gaat me misschien niet aan, maar Lydia lijkt me een meisje dat al eerder een vriendje heeft gehad.'

'Hoe weet jij dat?'

'Dat voel ik aan, de manier waarop ze naar je kijkt. Ze lijkt veel ouder dan jij, wat trouwens normaal is op jullie leeftijd. Het lijkt me ook iemand die altijd haar zin krijgt.'

Ik vond dat mama zeurde.

'In november wordt ze veertien, wat maakt dat uit?'

Mama zuchtte.

'Ik heb gisteravond met papa gepraat en we zijn er niet zo voor dat je met Lydia en haar ouders naar Spanje gaat.'

'Waarom niet?'

'Ik zal eerlijk zeggen wat ik denk: Lydia is geen meisje voor jou. Ze palmt je helemaal in, het lijkt wel of je een kleine jongen bent als zij er is. Je doet niets anders dan naar haar kijken en je ogen glanzen.'

Ik werd kwaad.

'Wat een kinderachtig geklets. Lydia is mijn vriendin en we hebben inderdaad verkering. Wat is daar mis mee?'

'Zoenen jullie ook?'

'Daar heb je niks mee te maken,' zei ik en liep naar binnen.

Op mijn vaders kamer opende ik mijn e-mail, maar er was geen bericht van Lydia.

Zoenen jullie ook? Waarom vraagt dat stomme mens dat!

Ik schrok van mijn eigen gedachten. Nog nooit had ik mijn moeder stom gevonden.

Snel schreef ik Lydia een e-mailtje waarin ik vertelde dat mijn ouders niet wilden dat ik meeging naar Spanje. Daarna sloot ik de computer af en ging op mijn kamer achter mijn bureau zitten. Ik moest nadenken en nam een vel papier.

In het midden tekende ik met potlood een cirkel en daarin schreef ik "mama". Bovenaan een ander rondje, waarin ik "Lydia" zette. Mijn eigen naam kwam in allebei de cirkels te staan.

Om "mijn vader" tekende ik een vierkant. Tussen de cirkel met "mama" en "ik" zette ik een lijn naar het vierkant. Halverwege plaatste ik het woord "BRAND", in hoofdletters. Onderaan maakte ik een kleine cirkel met de naam van mijn broertje erin. Om Lydia's naam tekende ik een hartje, maar ik vond het zo kinderachtig staan, dat ik het uitgumde. Mama kwam in het vierkant te staan, en ook bij Daan. Ik kon mijn naam niet in het vierkant bij mijn vader zetten, maar wel bij Daan en mama. Wat een ingewikkelde zooi, dacht ik, verfrommelde het papier en smeet het richting prullenbak. Het balanceerde op de rand en viel op de grond.

De telefoon ging over. Beneden hoorde ik mama praten.
Zou het Lydia zijn? dacht ik.
Ik liep zacht de trap af en luisterde naar mijn moeders stem.
'Erg aardig van u, maar ik moet het eerst met mijn man bespreken. Ik bel u vanavond terug. Dag mevrouw.'
'Wie was dat?' vroeg ik.
'Lydia's moeder. Ze kon goed begrijpen dat wij problemen heb-

ben dat jij mee wilt naar Spanje. Ze vroeg of we een keer langs willen komen, maar dat moet ik eerst met papa overleggen. Hij houdt er niet van om bij vreemden op bezoek te gaan.'

'Waar houdt hij eigenlijk wel van?'

Mama keek me lang aan, maar beantwoordde mijn vraag niet.

'Sinds de dood van Daan ben je stugger geworden,' zei ze ten slotte. 'Je sluit je steeds meer op. En we hebben al een paar keer ruzie gehad. Dat is nog nooit gebeurd. Ik maak me zorgen, omdat je tegen mij anders doet dan een paar weken geleden. Misschien komt het door Lydia.'

'Lydia heeft er niks mee te maken, jíj bent anders geworden.'

'Daar heb je gelijk in. Ik mis Daan, het was zo'n levendige jongen. Er gaat geen uur voorbij dat ik niet aan hem denk, zoveel herinnert aan hem. Gisteren heb ik zijn speelgoed opgeruimd. Ik denk dat ik het aan de kringloop geef, dan kunnen andere kinderen ermee spelen.'

'Ook de brandweerauto's?'

'Die heb ik in een aparte doos gedaan. Ze staan op zolder. Papa wilde niet dat ik ze wegdeed.'

'Ik wil ze graag hebben.'

'Meen je dat? Je wilde nooit met auto's spelen en al helemaal niet met brandweerwagens.'

Mama streek over mijn haar, een korte aai.

'Ik zal de doos van zolder halen en op je kamer zetten.'

De brandweerauto's van Daan staan nu op mijn bureau. Het zijn schaalmodellen van Nederlandse en buitenlandse blus- en ladderwagens. Iedere keer als mijn vader uit het buitenland terugkwam, had hij weer een paar auto's meegenomen, mooie kopieën van de merken Guinard, Scania, Magirus-Deutz en Ahrens-Fox.

Waarom heb ik nooit met auto's gespeeld? dacht ik. Ik hield meer van tekenen en lezen. Vooral wilde ik altijd bij mama zijn.

Ik hoorde iemand naar boven komen. De kamerdeur ging open. Het was Lydia.

Ze droeg een minirok en een topje, en ze lachte.

'Wist niet dat jij met auto's speelde,' zei ze.

'Ze zijn van mijn broertje.'

Lydia pakte een Griekse brandweerauto op en deed het geluid van een sirene na.

'Niet doen,' zei ik. 'Ze zijn van Daan geweest.'

Ze zette de wagen neer en keek mijn kamer rond.

'Wat is het hier netjes, behalve dan die prop papier daar.'

Lydia bukte zich, wilde mijn verkreukelde aantekeningen in de prullenbak gooien, maar bedacht zich.

Ze streek het papier glad op de vloer en las de namen, zag de cirkels en de pijl.

'Je hebt iets uitgegumd,' zei ze. 'O, ik zie het al: een hartje. Wat betekent dat?'

Ik dook naar de vloer, griste het papier weg, maakte er een bal van en propte hem in mijn broekzak.

'Waarom heb je het hartje uitgegumd?'

Lydia's stem was laag, haar ogen klein van venijn.

'Ik wilde niet dat mijn moeder het zag.' Dat was het eerste wat me te binnen schoot.

'Je moeder weet toch dat wij verkering hebben?'

Lydia stond vlak voor me en haar adem rook naar drop.

'Ik vond het kinderachtig om een hartje te tekenen, daarom heb ik het weggehaald.'

Ze blies in mijn gezicht, een koele, zoete lucht.

'Je ziet helemaal rood.'

'Ik krijg het helemaal warm van jou.'

Die zin had ik in een film gehoord, die ik samen met mama vorige week had gezien.

Lydia's ogen werden nog kleiner.

'Je moet niet tegen me liegen. Er is iets anders: je bloost en ik wil weten waarom.'

Had ze het niet gezien? dacht ik. Zou ze het woord niet opgemerkt hebben?

Ik kreeg het nu echt warm, zweet prikte in mijn haar.

'Weet ik veel,' zei ik.

Waar bemoeide ze zich eigenlijk mee?

'Ik weet het wel,' zei ze. Haar stem was weer gewoon. 'Je voelde je betrapt, omdat ik ineens iets persoonlijks van je zag. Jongens houden daar niet van. Dat zegt mijn moeder altijd.'

30 juni

'Dé Klingendals?' vroeg mijn vader, 'hebben díe ons uitgeno-
digd? Voor vanavond?'
'Hoezo, dé Klingendals, zijn ze zo bijzonder?'
'Dat kun je wel zeggen, Nico Klingendal is de rijkste man van
de stad.'
'Nou en? Maakt dat hem daarom speciaal?'
Mijn vader liep heen en weer door de woonkamer. Hij stond
plotseling stil en sloeg mij op mijn schouders.
'Goed gedaan!' riep hij.
Ik was verbaasd en ik begreep niet waarom zijn woorden me
even blij maakten. Ik kon me niet herinneren hoe lang het
geleden was dat hij vond dat ik iets goeds gedaan had.
*Wat heb ik eigenlijk goed gedaan? Dat ik verkering met Lydia
heb?*
'Jacob, we gaan praten over de vakantieplannen van Mat en
Lydia,' zei mijn moeder.
'Weet ik,' zei hij, 'maar er blijft vast nog tijd over om het over
iets anders te hebben.'
'Waarover dan?' vroeg ik.
'Dat vertel ik nog wel een keer.'
Mijn vader was die zaterdag vrolijk. Hij floot ouderwetse lied-

jes, hielp mama in het huishouden en nam stapels vakbladen door, ook buitenlandse.

'Die Amerikanen hebben een uitrusting waaraan wij niet kunnen tippen,' zei hij tegen mij, 'veel meer watercapaciteit per wagen en betere terreinwagens. Er bestaat zelfs een ladderwagen die tot de elfde verdieping kan worden uitgeschoven.'

Ik deed net of ik het interessant vond.

Precies om acht uur stopten we aan het einde van de oprijlaan voor het huis van Lydia. Het regende hard. We konden vlak voor de deur parkeren en stapten uit. Lydia deed open en ging ons voor naar de enorme woonkamer, waar Lydia's vader en moeder stonden te wachten. Nadat iedereen aan elkaar voorgesteld was, zonken we weg in de zachte stoelen en banken.

Ik had Lydia's ouders nog niet eerder gezien. Haar moeder was lang en droeg een donkergrijs mantelpakje. Ze had dezelfde groene ogen als Lydia.

'Koffie?' vroeg Lydia's vader. Hij was tamelijk klein en had vrijetijdskleding aan. Zijn neus was opvallend breed.

Elsbeth was er niet. Waarschijnlijk werkte ze alleen overdag. Lydia zei: 'Loop je even mee, Mat? Dan schenken wij iets voor onszelf in.'

Ik volgde haar naar de keuken.

'Cola?'

'Graag.'

Ze schonk twee glazen vol.

'Benieuwd hoe het afloopt,' zei ze. 'Mijn ouders vinden het prima als je meegaat.'

Dat vond ik vreemd, want ze hadden me nog nooit gezien.

'Ze laten me gewoon mijn gang gaan. Zolang het op school goed gaat en ik geen alcohol gebruik of sigaretten rook, mag ik alles wat ik leuk vind. Makkelijk, zulke ouders.'

Ik nam een slok cola.

'Kom we gaan terug.'

Lydia en ik gingen naast elkaar op één van de banken zitten.

'Hebt u al enig idee wie de pyromaan is?' hoorde ik Lydia's vader vragen.

Ik schrok, morste cola over mijn shirt en bloosde. Mijn gezicht werd zo warm dat het leek alsof het in lichterlaaie stond.

Even keek ik naar mijn moeder. Haar ogen stonden donker. Ze baalde altijd als ik morste, of zag ik iets anders in haar ogen?

Lydia's moeder stond op en zei: 'Ik haal wel even een doekje voor je.'

'We weten niet of het een pyromaan is, mogelijk is het vandalisme. Zeker is dat de branden aangestoken zijn, amateurwerk, dat wel. Als er geen getuigen worden gevonden, zal het niet meevallen de dader of daders te pakken. We hebben wel wat bewijsmateriaal gevonden, maar dat is zo algemeen dat de politie er weinig mee kan. Probleem is wel dat ons materieel ontoereikend is als er een keer een echt grote bosbrand uitbreekt. Uw huis grenst toch aan het bos?'

'Dat klopt, maar ik heb speciale voorzieningen getroffen.

Daarover zou ik graag uw mening horen. Wilt u ze zien? Ik heb een regenjas en laarzen voor u.'

'Heel graag,' zei mijn vader.

De moeders, Lydia en ik bleven in de woonkamer achter. Lydia's moeder gaf me een natte theedoek en ik poetste de cola uit mijn shirt, wat niet erg lukte.

'Laat maar,' zei mijn moeder. 'Vanavond doe ik het shirt wel in de was.'

'Ik heb foto's van ons huis in Llançà,' zei Lydia's moeder, 'die wil ik even laten zien. Dan hebt u een indruk van het pand.'

Ze vroeg niet of we de foto's wilden zien. Ze ging ervan uit dat wij ze wilden bekijken, was eraan gewend initiatief te nemen, net als Lydia.

Het was een schitterende villa, gebouwd op een rots, met uitzicht over de Middellandse Zee.

'We hebben het een jaar of vijftien geleden gekocht en we gaan er een paar keer per jaar heen. 's Zomers zijn het stadje en de stranden vrij druk, maar dat is niets vergeleken met de stranden rond Salou. Wij hebben trouwens ons eigen strand. Het achterland is nog tamelijk ongerept en er liggen verschillende natuurparken. Heel interessant is het museum van Dali, de beroemde schilder die aan de Costa Brava woonde.'

Het leek wel of Lydia's moeder reclame maakte voor een vakantiereis.

'Erg mooi,' zei mijn moeder, die de foto's snel had bekeken. 'Veel ruimte ook, denk ik.'

Ze was onder de indruk en wist eigenlijk niet goed wat ze zeggen moest.

'In het huis zijn zes slaapkamers en een speciaal gastenverblijf met een eigen keuken en badkamer. Privacy-overwegingen.'

'Mam, zo kan die wel weer,' zei Lydia, die zich blijkbaar ongemakkelijk voelde als haar moeder over het huis vertelde.

Toch klonk Lydia's moeder niet opschepperig, ze vertelde het alsof het gewoon was.

'Je kunt er snorkelen en duiken,' zei Lydia. 'Vorig jaar heb ik les gehad in persluchtduiken. Gaaf om te doen.'

'Dat zou ik ook wel willen.'

'Geen enkel probleem, we huren gewoon een goede duikinstructeur in, dan kan er niets misgaan,' zei Lydia's moeder.

De vaders kwamen terug.

'Jacob is van mening dat de brandwerende voorzieningen uitstekend zijn,' zei Lydia's vader. 'Daar ben ik blij om. Ik heb hem gevraagd ons huis in Llançà ook te inspecteren.'

'Zo gaat het nu altijd,' zuchtte Lydia's moeder. 'De mannen onder elkaar zullen het wel even regelen. Vijf minuten weg en jullie noemen elkaar al bij de voornaam. Ik neem aan dat ik ook nog een stem in het geheel heb.'

'Natuurlijk, liefje, maar laten Jacob en ik eerst vertellen wat we hebben afgesproken.'

'Afgesproken?' Lydia's moeder weer.

'Ik bedoel van plan zijn, willen voorstellen.'

Lydia en ik keken elkaar aan. Ze knipoogde naar me.

Had Lydia alles voorgekookt? Dat zou me niets verbazen.
'Mat en Lydia willen allebei graag samen mee naar Spanje,
maar Jacob en Simone hebben wat bezwaren en daar kan ik
inkomen. Daarom stel ik voor dat jullie alledrie bij ons komen
logeren, tenminste, als Hanne en Simone het ermee eens zijn.'
Dit had ik niet verwacht en mijn moeder ook niet, want ze zei:
'Dit overvalt me, ik wil er graag nog even over nadenken.'
Terwijl ze sprak, trok ze met haar schouders, een teken dat ze
kwaad was.
Lydia's moeder viel haar bij: 'Ik ben het ook niet eens met de
gang van zaken.'
De vaders keken elkaar aan.

Op de terugweg, in de auto, was mama boos geworden.
'Het is echt te gek voor woorden. Hoe kun je nu in een paar
minuten tijd beslissen dat wij bij de familie Klingendal in
Spanje gaan logeren? Ik wil dat helemaal niet.'
'Zo'n kans kunnen we niet laten lopen.'
'Wat voor kans?'
'Gratis vakantie in een mooi huis. Je hoeft niets te doen, voor
alles wordt gezorgd. Ik kan dan misschien ook een terreinwa-
gen bij Nico lospeuteren.'
'Dat meen je toch niet? Je gaat toch niet mee uit eigenbe-
lang?'
'Het is geen eigenbelang. Het is het belang van de gemeen-
schap dat het korps een terreinwagen krijgt.'

70

'Waar jij de bink mee uit kunt hangen.'
'Wat maakt het uit? Nico is steenrijk, die mist dat bedrag niet eens.'
'Ik ben het er helemaal niet mee eens.'
'Dat hoeft ook niet. Je zult er niets van merken. Ik stel het aan de orde als we samen zijn. Als hij niet toehapt, even goede vrienden.'
'Jullie hadden niet samen als een paar kwajongens een plan moeten maken over die logeerpartij. Zag je niet hoe mevrouw Klingendal naar haar man keek? Ze was erg kwaad.'
'Hanne?'
'O, ook al bij haar voornaam? Jacob, ik baal ervan.'
Waarschijnlijk zouden Lydia's ouders ook ruzie hebben. █

3 juli

Vandaag moesten we ons rapport ophalen. Eerst was er een toespraak van Hoek, die saai en lang was. Daarna gingen we naar het lokaal van Ten Heerden, onze mentor. Lydia en ik zaten vooraan en wachtten op het verhaal van Ten Heerden. Hij zag er moe uit.
'Ik ben blij dat jullie over zijn,' zei hij met een matte stem.
'Meneer Hoek heeft al allerlei wijze woorden gesproken. Als jullie het niet erg vinden, wilde ik de rapporten uitdelen. Ik wens

jullie een fijne vakantie en hopelijk zien we elkaar half augustus weer terug.'

Vijf minuten later stonden we weer op de gang, met ons rapport. We liepen naar de fietsenstalling. Het miezerde.

'Hoe laat kom je vanavond?' vroeg Lydia.

'Zeven uur?'

'Dat is goed. Tot vanavond.'

Ze kuste me op mijn mond.

Ik fietste alleen naar huis en ik voelde me somber. De laatste dagen had ik vaak nagedacht over wat ik had gedaan. Ik had er geen spijt van, maar was bang dat Lydia of mijn ouders er achter zouden komen. Mijn vader had gezegd dat er bewijsmateriaal was gevonden. Wat zou dat kunnen zijn? Alles wat ik gebruikt had, was verbrand. Dat wist ik bijna zeker.

Als Lydia het zou weten, zou ze het uitmaken. Niemand wil een vriend die drie keer brandgesticht heeft.

Ik nam een beslissing: ik zou er nooit met iemand over praten. Ik zou vergeten dat ik ooit uit boosheid bosbranden gesticht had.

Wás het wel uit kwaadheid? Of was het misschien wraak, omdat mijn vader me vaak vernederde met zijn "moederskindje"? Of wilde ik gewoon aandacht, zeker nu Daan er niet meer was.

Ik was in de war, alsof ik nu pas begreep wat ik eigenlijk gedaan had: een natuurgebied vernietigd en dieren gedood. Ik zag de krantenkop al voor me: *Zoon brandweercommandant stichtte bosbranden.* Toch voelde ik geen spijt, waarschijnlijk omdat het een misdaad op afstand was geweest. Ik had de brand zelf niet gezien.

Mama zat aan de keukentafel te lezen.
'Hoi mam, ik heb mijn rapport.'
Ze nam het aan en bekeek de cijfers.
'Mooie cijfers. Gefeliciteerd!'
Ze kuste me op beide wangen en plotseling voelde ik de speciale liefde voor mijn moeder weer, alsof ik even terugkeek in de tijd. In een flits was ik weer even de kleine jongen die met zijn moeder wilde trouwen, een vaag heimwee naar vroeger.
Ik knuffelde haar, het gebeurde vanzelf. Ik rook haar geur die me zo vertrouwd was.
'Niet doen,' zei mama. 'Dat is voorbij.'
De woorden verbraken de betovering. Ik keek haar aan en zag dat haar ogen vochtig waren.
Ze werd voor altijd mijn moeder, niet meer en niet minder.
Ze klopte op mijn schouders, tikte met een vinger op mijn wang. 'Het is beter zo,' zei ze. 'Veel beter.'
Ze draaide zich om en rommelde wat op het aanrecht. 'Thee?'
We dronken thee, mijn moeder en ik. Ineens dacht ik aan de prop papier in mijn spijkerbroek. 'Heb je mijn spijkerbroek al gewassen?'
'Die ligt al gewassen en gestreken in je kast, hoezo?'
'Ik wil hem vanavond aan als ik naar Lydia ga.'

Ik dronk snel mijn thee op, ging naar mijn kamer en pakte mijn spijkerbroek uit de kast. Ik voelde in de zakken: geen papier-prop.

Ik hoorde mijn moeder de trap opkomen. Ze zag me staan met mijn rechterhand in de broekzak van de spijkerbroek.

'Was die prop papier zo belangrijk?'

'Hoe bedoel je?' Ik voelde dat ik een kleur kreeg.

'Toen ik je broek wilde strijken, merkte ik dat ik per ongeluk een prop meegewassen had. Ik heb hem uit de broekzak gehaald, maar er was weinig meer van over. Ik heb hem wegge-gooid.'

'Het was een brief van Lydia.'

Ik moest wel liegen.

'Jammer,' zei mijn moeder. 'Voortaan moeten we allebei beter opletten. Belangrijke papieren moeten we niet in kleding laten zitten.'

Ze weet het! Waarom zou ze anders achter me aan gelopen zijn? Zou ze het geheim houden? Zou ze het ook aan papa vertellen? Dan zouden de gevolgen niet te overzien zijn.

'Ik zal voortaan beter opletten,' zei ik.

'Dat lijkt me verstandig. Brieven van je vriendin moet je op een veilige plek bewaren.'

Of wist ze het niet? Dacht ze werkelijk dat het een brief van Lydia was geweest?

Ik veranderde van onderwerp: 'Hebben jullie al besloten of we naar Spanje gaan?'

'Papa wil graag, maar ik twijfel nog steeds. Vanavond neem ik een beslissing.'

'Als jij niet gaat, mag ik dan wel?'

'Ook dat weet ik nog niet.'

'Mam, het zou goed voor je zijn om er een paar weken tussenuit te gaan.'

'Ik vind het moeilijk om ver weg te gaan. Daan achter te laten. Ik weet dat het onzin is om dat te denken, maar het voelt vanbinnen zo.'

'Ik zou het erg fijn vinden als je meeging.'

'Dat is lief van je.'

Ik kwam nat bij Lydia aan, want het regende nog steeds.

Ze gaf me een handdoek om mijn haar te drogen.

Het was stil in het grote huis.

'Mijn vader heeft vorig jaar een videofilm gemaakt in Spanje, wil je hem zien?'

Ze was al op weg naar de woonkamer en weer had ik het vervelende gevoel dat ik achter haar aan liep.

De film startte. Een shot van het strand, waarschijnlijk 's morgens vroeg, want er hing zeemist tussen de rotspartijen. Lydia in bikini, jonger dan nu, dat was duidelijk te zien.

'Stomme bikini,' was het commentaar van Lydia. 'Dit jaar neem ik er drie mee.'

Lydia liep de trap van het huis af naar het strand. Ze deed een duikerspak en zwemvliezen aan, een duikbril voor haar gezicht.

Ze dook het water in, alleen het felrode puntje van haar snorkel bleef zichtbaar.

'Zitten er veel vissen?'

'Ligt aan de wind. Soms zie je niks, een andere dag stikt het van de vissen.'

Het beeld werd even zwart. Daarna zag ik Lydia met een jongen in de tuin zitten.

'Mijn Spaanse vriendje van vorig jaar. Leuke jongen.'

Ik hoorde de stem van mijn moeder: *Lydia lijkt me een meisje dat al eerder een vriendje heeft gehad.* Ik slikte.

De videocamera zoomde in op de jongen, die donker haar had en een veel te witte lach. Hij gaf Lydia een hand en samen liepen ze door de tuin. Lydia lachte ook. Hij was overduidelijk verliefd op haar.

'We e-mailen af en toe,' zei Lydia. 'Hij woont in Llançà, maar dit jaar ben ik met jou en zal ik niet met hem afspreken.'

Dat moest er ook nog eens bijkomen, dacht ik. Een Spaanse kaper op de kust.

'Waarom zeg je niks?'

'Ik wil alleen met jou zijn,' zei ik en het klonk belachelijk.

'Dat weet ik. Jij bent mijn droppie.'

Ze sloeg een arm om me heen, terwijl we naar het vakantieplezier van Lydia en haar vriendje keken.

Het liefst zou ik de afstandsbediening gepakt hebben en de video uitgeschakeld hebben, maar dat durfde ik niet.

Wat durfde ik eigenlijk wel? Stiekem een bos in de fik steken

als een geniepige lafbek. Ik was te bang om gewoon tegen
Lydia te zeggen dat ik deze film niet leuk vond. Waarom liet ze
me die film eigenlijk zien? Om me te plagen? Uit te dagen?
Jaloers te maken?
Lydia legde haar hoofd op mijn schouder en rolde zich als een
kat tegen me aan.
Wat zag ze eigenlijk in me?

22 juli

Onze vlucht was vertraagd en mijn moeder en ik kwamen twee
uur te laat op de luchthaven van Barcelona aan. Mijn vader was
drie dagen eerder vertrokken naar Malaga, waar een vijfdaags
congres over de bestrijding van bosbranden in het
Middellandse Zeegebied gehouden werd. Hij zou overmorgen
van Malaga naar Barcelona vliegen.
'Blij dat we geland zijn,' zei mijn moeder. 'Ik vind dat vliegen
maar niks.'
We liepen naar de bagageafhandeling en binnen vijf minuten
konden we onze koffers van de lopende band tillen. We stapel-
den ze op een karretje en liepen naar de uitgang.
Voordat ik haar zag, hoorde ik haar stem al: 'Mat!'
Ze zwaaide, lachte en gaf me een zoen.
Lydia's vader was er niet.

'Hij staat buiten te wachten. Kom.'

We liepen achter Lydia aan. De auto van Lydia's vader stond met draaiende motor vlakbij de schuifdeuren geparkeerd. Hij stapte uit, gaf mijn moeder en mij een hand, heette ons van harte welkom en zette de koffers in de achterbak.

'Gaan jullie maar achterin, dan kan Simone voorin.'

Even later reden we weg, de airco zoemde.

Bijna twee uur later zaten we in de schaduwrijke tuin te eten. Manuela, de Spaanse hulp, had een heerlijke lunch klaargemaakt.

'Zwemmen?' vroeg Lydia.

Ze pakte mijn arm en trok me mee.

'Je zwembroek zit onderin de koffer,' riep mijn moeder me na, 'en je badlaken ook.'

Maar die had ik niet nodig, want op mijn slaapkamer lag een stapel handdoeken klaar.

Ik zocht in mijn koffer naar mijn zwembroek en stootte op iets hards: in een washand zat een Guinard-bluswagentje, een zorgvuldig nagemaakte kopie. Boven mijn logeerbed hing een plank en ik zette de Guinard erop.

Was het verstoppen van het modelbrandweerwagentje een manier van mijn moeder om mij te herinneren aan wat ik gedaan had? Of was het omdat hij van Daan geweest was?

Ik trok snel mijn zwembroek aan.

Lydia stond in de tuin al op me te wachten. Samen liepen we de trap af.

'Ik zal je insmeren,' zei Lydia op het privé-strand onderaan de rots. 'Anders verbrand je binnen een kwartier.'

Haar handen op mijn rug voelden net als die van mijn moeder. 'De voorkant moet je zelf maar doen,' zei ze.

De zon stond laaiend aan de hemel en brandde op mijn hoofd, terwijl ik me inwreef met de waterproof zonnemelk.

Lydia liep het water in en spetterde me nat. Het was koud op mijn hete huid. Ik waadde op mijn tenen de zee in en liet me voorover vallen.

Dit was vakantie: zon, zee en een vriendin. Ze zwom voor me uit, haar rode haar als een vlam op het water.

Ik keek achterom en zag mijn moeder staan, bovenop de rots, in de tuin. Ze zwaaide naar me, met haar ogen dichtgeknepen tegen de zon.

Ik zwaaide terug en riep: 'Kom ook, het water is heerlijk!'

'Straks, ik ga eerst de koffers uitpakken.'

We zwommen, snorkelden en zonden de hele middag. Om een uur of vier was mijn moeder ook naar het strand gekomen, in haar nieuwe, zwarte badpak.

'Zwemmen?' vroeg mijn moeder.

Samen zwommen we in zee, Lydia bleef op het strand achter.

We aten laat, om half negen.

Ik was moe, omdat we die morgen al om vijf uur waren opgestaan.

Een uur later lag ik in bed, in een doodstille, duistere kamer.

Mijn deur piepte en enkele seconden later lag Lydia naast me.

Ze rook naar shampoo en after sun.

'Even knuffelen,' zei ze.

Ze was even snel gegaan als ze gekomen was.

26 en 27 juli

Gisteren was mijn vader in Llançà aangekomen, van het vlieg-
veld opgehaald door Lydia's vader en mijn moeder. Hij had er
bleek van vermoeidheid uitgezien en had 's middags uren
geslapen. Nu ontbeten we met elkaar in de tuin. Het was warm.
'Wanneer heeft het hier voor het laatst geregend?' wilde mijn
vader weten.

Lydia's vader vroeg het in het Spaans aan Manuela.

'Drie weken,' zei Lydia's vader. 'Dat is niet uitzonderlijk. In de
zomer regent het weinig, af en toe een onweersbui. Zo'n bui
kan heel snel ontstaan, zeker als het erg heet is.'

'Zullen we vandaag de omgeving wat verkennen?' vroeg mijn
vader. 'Heb jij een voorstel?'

Lydia's vader dacht even na: 'We kunnen naar het Dali-museum
in Figueres of naar Sant Père de Roda, de beroemde klooster-
ruïne, waar je een prachtig uitzicht over zee hebt. Andere
mogelijkheden zijn Portbou, waar een heel bijzonder station is,
of het witte stadje Cadaqués, waar vele kunstenaars gewoond

hebben. Er is in de omgeving ook een natuurpark, maar daar kunnen we beter 's morgens vroeg een keer heengaan, want wandelen in deze hitte vind ik geen pretje.'

'Ik heb alles al gezien,' zei Lydia, 'maar het museum van Dali is altijd leuk om heen te gaan.'

Nog nooit had ik zulke aparte schilderijen, muurschilderingen en sieraden gezien. In het winkeltje kocht mijn vader een boek over Salvador Dali en op de terugweg naar Llançà bladerde hij het door.

'Moet je kijken.'

Hij liet me een foto zien van *Vuur! Vuur! Vuur! Het leven van een brandweerman*, dat Dali in 1971 gemaakt had als eerbetoon aan de New Yorkse brandweer. Felle, uitslaande branden waren te zien en tientallen brandweermannen. In het midden vloog een enorm insect.

'Wat doet dat beest daar?' vroeg ik.

Mijn vader las de tekst onder de foto door.

'Het is een mot, een teken van hoop. Dit werk van Dali wordt sinds de aanslagen van 11 september 2001 gezien als een voorspelling.'

'Wat een onzin,' zei ik.

Mijn vader zei niets en bleef de hele rit naar het schilderij staren.

'Na het eten gaan we zeilen,' zei Lydia's vader. 'Met de liefhebbers uiteraard.'

Ik keek Lydia aan, die naast me zat. Ze schudde bijna onmerk-
baar haar hoofd.

De ouders vertrokken na de lunch naar de haven, Lydia en ik
gingen niet mee.

'Ik heb twee racefietsen staan, zullen we een bergtochtje
maken?'

'In deze hitte?'

'We nemen water mee. Gewoon, lekker een uurtje zweten.'

Ik fietste achter Lydia aan, een heuvel op. Het was zwaar en ik
hijgde en zweette. Na tien minuten bereikten we de top en
reden hard de heuvel af.

De volgende kilometers waren tamelijk vlak, omdat we tussen
de heuvels door reden.

'Nog één klimmetje!' riep Lydia.

Mijn benen deden zeer, mijn hoofdhuid jeukte, mijn mond was
droog, maar ik gaf niet op.

Het duurde eindeloos.

'Hier stappen we af,' zei Lydia. 'Ik weet een mooi plekje.'

We zetten onze fietsen tegen een boom en namen de bidons
mee. Met stijve benen volgde ik haar, het dorre gras schraapte
langs mijn kuiten.

We liepen zeker een kwartier over slingerende paden door een
pijnboombos, totdat we eindelijk een kleine ruïne bereikten,
die op een onbegroeide rots stond. We klommen over grote
rotsblokken naar boven. Ik ging op de stenen zitten en dronk

het lauw geworden water uit een bidon. De krekels tjilpten.
Er stonden nog twee muren overeind van wat eens een huis
geweest moest zijn. Lydia ging in de schaduw van een muur
zitten en dronk uit haar waterfles.
'Wat is dat?' Ik wees naar een gat in de hoek.
'Dat is een kelder.'
'Ben je er wel eens in geweest?'
'Vorig jaar, het is een stoffig, donker hol.'
Ik nam nog een slok water.
'Je hebt een knalrood hoofd,' zei Lydia. Ze stond op, goot wat
water in de kom van haar hand en depte mijn gezicht. Het
water was bijna warm. Nog nooit had ik het zo heet gehad en
het zweet bleef uit mijn poriën komen. Mijn shirt en korte
broek waren doorweekt. Ik trok mijn sportschoenen uit. Ook
mijn sokken waren nat.
'Hier komt nooit iemand,' zei Lydia. 'We zijn helemaal alleen.'
Haar stem was hees.
Ze kwam naast me zitten. Ik voelde haar zachtheid en ze zoen-
de me.
'Ik vind jou lief,' fluisterde ze. Haar hand streelde mijn boven-
benen.
Ik begreep ineens dat ze verder wilde gaan dan alleen zoenen
en ik wilde opstaan, maar ze had me vast als in een klem.
'Niet doen.'
Mijn stem klonk bang en ik moet toegeven dat ik het ook was.
'Je bent nog een klein jongetje. Een moederskindje. Ik heb wel

84

gezien hoe je altijd achter haar aanloopt.'

Haar woorden raakten me als stenen en ik werd razend.

'Hou je verwende kop! Jij denkt dat je altijd je zin krijgt en kunt zeggen wat je wilt. Mooi niet.'

Ik was opgestaan en stond met trillende benen voor haar. Ze had een lachje om haar mond en haar ogen waren koud.

'En laat mijn moeder erbuiten!'

Ik schreeuwde en mijn stem sloeg over.

Lydia sprong op en gaf me een duw zodat ik achterover tegen de stenen muur sloeg. De pijn vlamde in mijn rug. Ze zette haar handen tegen de muur en ging op mijn voeten staan.

'Een kleuter ben je.'

Ze draaide zich om en rende weg.

'Je ziet maar hoe je thuiskomt!' riep ze nog.

Ik zakte door mijn knieën en knielde in het gras. Mijn rug deed pijn en ik had dorst. Ik kroop naar de bidons, maar ze waren leeg.

Ik keek op mijn horloge: het was half vijf, tijd genoeg.

Mijn schoenen lagen in het gras en ik deed ze aan. De krekels maakten lawaai en het was verstikkend warm. Ik keek naar boven en zag dat de lucht wit was. Het blauw was verdwenen. Ik liep naar het pijnboombos, waar het wat koeler was. Ik keek om me heen en herkende niets, alles leek op elkaar. Na tien minuten had ik nog steeds geen idee hoe ik uit het bos moest komen. De paden daalden en stegen, kruisten elkaar.

Ik was verdwaald.

Het enige wat ik kon doen was alleen de stijgende paden nemen. Misschien had ik boven een goed uitzicht en kon ik me oriënteren.

Dat bleek een slecht plan, want de heuvel was helemaal begroeid met bomen.

Inmiddels was het kwart over vijf geworden. Het werd donkerder tussen de bomen, waarschijnlijk omdat er een wolk voor de zon kwam.

Ik merkte ook dat er helemaal geen wind stond.

'Zo groot kan het bos niet zijn,' zei ik tegen mezelf en ik hoorde dat mijn stem lager was dan anders.

Ik probeerde mezelf gerust te stellen en liep het pad naar beneden af. In het bos was het schemerig geworden en ik moest goed uitkijken waar ik liep.

De plotselinge donderslag dreunde in mijn hoofd. Ergens achter mij was de bliksem ingeslagen, waarschijnlijk op de top van de heuvel.

Ik moest zo snel mogelijk het bos uit zien te komen en ik rende tussen de bomen door naar beneden.

Opnieuw een klap, iets verder weg nu.

Ineens stond ik weer voor de ruïne en kon ik de lucht zien, die eerder donkergroen dan zwart was.

De donderslagen kwamen sneller en ik hoorde de knetterende inslagen in de bomen.

Was mijn vader maar hier, dacht ik, die zou weten wat we moesten doen.

Ik moest tegen mezelf praten om niet in paniek te raken: 'Hier ben ik tamelijk veilig, want de ruïne staat op een rots waarop niets groeit. Ik kan hier blijven tot de bui over is.'

Ik klauterde de rots op en schaafde mijn knieën.

Een windvlaag nam de geur van rook mee en ik keek snel om me heen. Ongeveer tweehonderd meter bij me vandaan zag ik een grote vlam.

Weer een blikseminslag, heel dichtbij nu.

Ik gilde en moest me bedwingen niet naar beneden te klimmen en weg te rennen.

Het leek wel avond, zo donker was het en ik hoestte. De rook prikkelde mijn longen. Ik hoorde het vuur nu ook en zag het hoog oplaaien boven de bomen.

De kelder in, dacht ik.

Ik kroop door het donkere gat en rolde me als een baby op. Ik had buikpijn en bij iedere donderklap schreeuwde ik.

In het hol kon ik bijna niets zien. Ik rook de bosbrand, hoorde hoe het vuur dichterbij kwam en ik kroop nog verder de kelder in. Er kwam meer rook binnen. Ik zocht op de tast naar iets waarmee ik het gat kon afsluiten, maar ik vond niets. Het vuur loeide en ik hoorde hoe takken braken.

Het leek alsof de zuurstof uit de kelder werd gezogen, want ik kon slechts met moeite ademhalen.

Boven het lawaai uit hoorde ik het gebrul van vliegtuigmotoren.

Daarna verloor ik het bewustzijn.

Ik kwam bij doordat er water de kelder binnenstroomde. Mijn hoofd bonkte en ik hoestte minutenlang.

Het was donker en ik kroop op handen en voeten naar de uitgang van de kelder. Ik stak mijn hoofd door het gat, voelde de regen op mijn gezicht en hoestte opnieuw.

Ik was helemaal stijf en kon maar met moeite uit het gat komen. Daarna dronk ik als een hond uit een plas water. Af en toe bliksemde het nog en daardoor kon ik zien hoe laat het was: kwart over vier.

De regen leek overal vandaan te komen.

Ik kon niet anders dan wachten tot het licht zou worden.

Een kwartier later werd het droog en ik trok mijn shirt uit, dat ik uitwrong en weer aantrok. Ook mijn sokken draaide ik een beetje droog.

Ik zat tegen de stenen muur en wachtte.

Ik moet in slaap gevallen zijn, want ik zag Daan, spelend met zijn vriendjes. Mijn vader en moeder keken naar hem, een glimlach op hun gezicht.

Toen ik wakker werd, scheen de zon. Ik probeerde op te staan, maar alles deed pijn. Mijn benen sliepen en ik had hoofdpijn.

Na een paar keer lukte het toch om overeind te komen en ik zag de ravage om me heen. Sommige plekken smeulden nog.

Als ik niet in de ruïne zou zijn geweest, zou ik levend zijn verbrand.

Ik keek naar mijn benen, vol met blauwe plekken.

Op een steen zat een gele vlinder, die zich warmde aan de zon.

Stemmen klonken beneden mij.

Het was mijn vader, die naar me riep. Spaanse brandweermannen liepen achter hem aan.

'Mat!'

Mijn vader rende de rotsen op, gleed uit en viel. Hij stond weer op, zijn gezicht was zwart van het roet.

'Mat!'

Hij tilde me op en droeg me de rotsen af. Ik werd op een brancard gelegd en drie Spanjaarden en mijn vader droegen me door het afgebrande bos. Bij de weg zag ik mijn moeder. Ze lachte naar me.

Verandert er iets na de vakantie in Spanje? Tussen Mat en zijn vader? Tussen Mat en zijn moeder? Tussen Mat en Lydia? Tussen de vader en moeder van Mat?

Gevoelenskamer

Stel je eens voor dat jij in de schoenen van Mat stond: je broertje dood, vader en moeder hebben ruzie om jou, je vader vindt je een moederskindje, je vriendinnetje wil dingen die jij niet wilt.

Hoe zou jij je voelen? Wat zou jij doen?

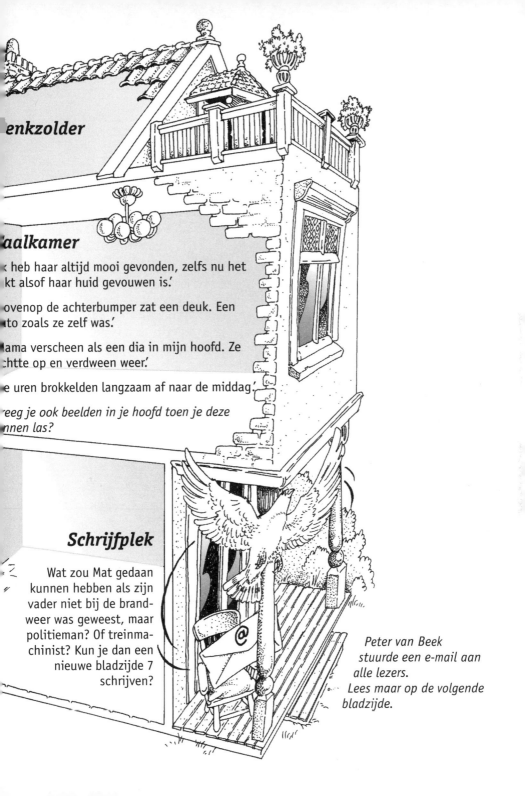

enkzolder

aalkamer

‹ heb haar altijd mooi gevonden, zelfs nu het
kt alsof haar huid gevouwen is.'

ovenop de achterbumper zat een deuk. Een
‹to zoals ze zelf was.'

‹ama verscheen als een dia in mijn hoofd. Ze
chtte op en verdween weer.'

e uren brokkelden langzaam af naar de middag.'

‹eeg je ook beelden in je hoofd toen je deze
‹nnen las?

Schrijfplek

Wat zou Mat gedaan
kunnen hebben als zijn
vader niet bij de brand-
weer was geweest, maar
politieman? Of treinma-
chinist? Kun je dan een
nieuwe bladzijde 7
schrijven?

Peter van Beek
stuurde een e-mail aan
alle lezers.
Lees maar op de volgende
bladzijde.

Van: pcvbeek@wanadoo.nl
(of mail via: villa@maretak.nl)
Aan: <alle lezers van 'Laaiend'>

Beste lezer,

Misschien heb je *Laaiend* gelezen omdat het spannend is, maar dat is voor mij alleen de buitenkant van het verhaal. Het gaat mij in dit boek vooral om de problemen van Mat, die een (te) hechte band met zijn moeder heeft en het moeilijk kan verwerken dat zijn vader hem geen stoere jongen vindt. Als Mat verliefd wordt op Lydia, begint hij te begrijpen dat hij zijn moeder langzamerhand moet loslaten. Hij ziet ook in dat niet alleen zijn moeder van hem houdt, maar ook zijn vader.
De crisis in het leven van Mat is voor mij de kern van *Laaiend*. Ik heb geprobeerd alle gebeurtenissen in het verhaal zo te kiezen dat ze Mats ingewikkelde gevoelens en emoties versterken. Uiteindelijk veranderen de gebeurtenissen het leven en denken van Mat.
Laaiend is vooral een psychologisch boek: het gaat eigenlijk alleen over de binnenkant van Mat. Zijn mening over zijn moeder, vader en Lydia moet hij bijstellen en daardoor verandert hij, leert hij iets meer begrijpen van zichzelf en de wereld om hem heen.

Laaiend is mijn zevende jeugdboek. Ik ben geboren in 1958, ben getrouwd en heb drie dochters. Behalve jeugdboeken schrijf ik veel artikelen voor bladen en tijdschriften, waarvoor ik ook de foto's maak. Daarnaast geef ik Nederlands op een middelbare school.

Ik hoop dat je *Laaiend* niet alleen een spannend, maar ook een boeiend boek vond.

Groet, *Peter van Beek*

VillA-vragen

 ⌂ *Vragen na bladzijde 11*
   1 Hoe denkt Mat over zijn vader? Denkt hij anders over zijn moeder?
   2 Waarom zou Mat nu juist **brand** stichten?
   3 Mat vraagt zich af: *Als je een kind verliest, is dat erger dan dat je broertje doodgaat?* Wat vind jij?

 ⌂ *Vragen na bladzijde 50*
   1 Lees bladzijde 27 nog eens. Met wie ben jij het eens? Met Mat? Met moeder? Met de vader van Mat?
   2 Wat bedoelt moeder als ze aan Mat vraagt: 'Ben je jaloers op papa?'
   3 Als je zoent, heb je dan verkering? Heb jij verkering?

 ⌂ *Vragen na bladzijde 71*
   1 Op bladzijde 57 staan deze zinnen:
     Dat zou ik nooit doen. Ik zou de spullen meenemen om mama te helpen.
     Wat zou jij doen? Ben je een moederskindje als je je moeder helpt?
     Natuurlijk wil ik met haar mee naar Spanje.
     Twijfelt Mat toch een beetje? Zou jij meegaan?
   2 Waarom wil Mat de brandweerauto's van Daan graag hebben?
   3 Wat denk je, gaat de logeerpartij in Spanje door?

VillA Alfabet